女の七つの大罪

林 真理子　小島慶子

角川文庫
22083

前書き　＊　小島慶子

以前借りていた部屋のそばに、それこそ歩いて二〇秒くらいのところに、林さんのお住まいがありました。そのあたりの住人は自分の住所を説明するのに林さんのお宅を起点にする傾向があり、「うちは林さんちのすぐ裏」と得意げにいうのでよく聞けば、通りを二本も挟んだ場所だったりと、無理のある寄せ方をする人までおりました。駅前には林さんの本を平積みにした書店があり、全国から熱心なファンが訪れる聖地となっていました。商店街の焼肉屋さんの入り口にご本が飾ってあったら、林さんがいらしているサイン。ハロウィンには近隣の子供達が林邸にアリのように群がり、我が家の息子たちもちゃっかりお菓子を頂いておりました。そんなわけで、道でお見かけしたときにお声をかけようと思いながらも、生来の人見知りでもじもじと機を逸していました。

そうこうするうちに、テレビの収録でご一緒することになりました。お話ししてみたらとにかく人を笑わせるのがお好きな、とても楽しい方でした。しかも、今度駅前のお寿司屋さんに行きましょう、と電話番号を教えてくださったのです。うれしくて、早速アドレス帳に登録。けれど一体いつどんなタイミングで「例のお寿司行きましょう」などと私からお電話できるのか。これはハードルが高すぎる、と社交辞令を真に受けるタイプの私は悶々としていたのですが、人見知りという言葉を知らぬわが夫が、道で林さんに遭遇して「家内がお世話になりました」などと勝手にご挨拶してしまいました。不躾な父子連れにも林さんは優しく「今度おばちゃんちに犬を見においで」と言って下さったそうです。

母譲りで社交辞令が通じないタイプの息子たちはその後しばらく「ハヤシさんちの犬と遊ぶ」と盛り上がっており、当時小学校低学年だった次男に至ってはいきなりインターホンを押しかねない様子だったので「ハヤシさんはとてもとても忙しい方なので、予告なしに犬を見に行ってはいけない」などと諭《さと》していたのでした。

勝手にご縁を感じていた林さんと、このような形でお話しする機会を頂き、とても光栄です。しかもテーマは欲望。願ってもないお題です。

表参道を通るとき、林さんのエッセイをよく思い出します。東京郊外の市外局番〇四圏で育った私にとって、原宿は憧れの市外局番〇三圏の中でもとびきりおしゃれな眩しい街。小学生のときに九歳上の姉に借りた『ルンルンを買っておうちに帰ろう』

で林さんの存在を知り、テレビでも雑誌でも拝見していました。ですから、林さんのエッセイの「田舎から出てきて、東京の表参道に住んでいることをとても誇りに思っている野心家の女の子」は私の憧れだったのです。

中学、高校と通った私立の学校では、生まれながらの都会っ子達に、暗い嫉妬の炎を燃やしました。私が二時間近くもかけて多摩丘陵の果てまで帰る間に、彼女達は広尾図書館で慶應の男の子と待ち合わせて一緒に勉強したり、西麻布のホブソンズのアイスを食べるのです。大学生になって表参道によく買い物に行くようになってからは、コープオリンピアの前を通るたびに、林さんが住んでいたのはここかなあなどと的外れな妄想をしていました。

就職活動中には、南国酒家の前の歩道橋の上からLEDじゃない頃のイルミネーションにきらめくケヤキ並木を眺めながら、新潟出身の彼氏と二人で「この街で夢を叶えよう」って未来を語り合ったっけ。めでたくアナウンサーの内定をもらって引っ越した世田谷の一人暮らしの部屋からは、ガラスに貼り付けば横目で新宿の高層ビルの明かりが見えました。その時しみじみと、ああ、私、東京で成功した女の子になったんだわ、ってダサい感動に震えたのでした。

その自分を今も私は笑うことができません。ここではないどこかへと焦がれたあの頃の私の渇きは、身を切るほどに切実だったから。そんな風に欲しがることを恥ずかしく思うことはないんだと、誰が最初に私の背中を押したかと言えば、それはやっぱり林さんだったと思うのです。ああ、表参道に住んで浮かれても良いんだ。都会育ちの人から見たら滑稽だろうけど、そんなこと知るもんか。私は自分の力で憧れの場所にたどり着いた。それって誇るべきことじゃない？

表参道を歩いていると、あの高いケヤキの梢に座って通りを眺めているような気持ちになることがあります。欲しがる自分、おごる自分を見下ろすもう一つの視点を獲得できたことが、私が嫉妬と強欲の煉獄《れんごく》におちずにすんだ理由かもしれません。林さんは私に地獄の釜を覗かせて、がっちり命綱をつけてくれた人です。私は今もその欲望の炎に顔を炙られながら、なんとか呑まれずに生きています。いつか綱を焼き切るほどの衝動に身を焦がしたら、林さんは釜を覗き込んで「あ、小島さん落ちてる」って言うんだろうな。

林さんとの対談は、とにかくエキサイティングでした。お腹を抱えて笑ったり、我知らず怨嗟をぶちまけたり。ひとさまのお目に触れるものなので多少は読みやすく直しましたが、欲望むき出しで自分に甘い放言の数々に眉を顰める方もいるかもしれません。何卒ご容赦くださいませ。

目次

Ⅶ 怠惰 233

I
嫉妬

〝七つの大罪〟が人生に深みをもたらす

小島　林さんと初めて対談したのは『ダ・ヴィンチ』二〇一五年二月号でしたね。そのときは〝女の野心〟がテーマだったのですが、反響があまりに大きかったので、改めてテーマを設定して対談を行おう、ということで、このたびの企画に至りました。

林　そして選んだテーマが〝七つの大罪〟(笑)。

小島　はい、そうです。〝七つの大罪〟とは、嫉妬、強欲、色欲、憤怒、傲慢、暴食、怠惰の七つで、古くからカトリック教会で、慎まなくてはならないと定められてきた悪徳のことなのですが、それを敢《あ》えて現代に生きる私たちの人生に照らし合わせて、むしろ〝七つの大罪〟を、女が人生をより深く楽しむために嗜《たしな》むべきもの、という位置づけでとらえ直してみよう、ということですね。

林　人生をより深く楽しむために嗜むべきものとして。

小島　はい、より深く(笑)。どんな話題に踏み込んでいくのか、我ながら少し怖いような気もするのですが、その第一回として、「嫉妬」から始めようと思います。

林　そう、嫉妬というテーマならこの話題から入るのはぴったりだと思うんですが、私、小島さんの処女小説『わたしの神様』（幻冬舎）を読ませていただきましたよ。

小島　うわっ、ありがとうございます。すみません、貴重なお時間を割いていただいて。

林　まさにこのテーマに合った内容でもあって、すごく面白かったんですけど、今、これを出すのってどうかなとも思ったんです。というのは、これは女子アナたちの、それこそ嫉妬や野心渦巻く人間模様を描いているわけですが、小島さんがいわゆる女子アナの世界になじめなかったことを、読者の多くはわかっている。そこへダメ押しみたいに業界のことを書くと……。

小島　暴露本だ、と思われるかもしれないということですよね。

林　そう。そこを心配したんです。別に暴露でもないし、登場人物それぞれのキャラクターもよく書き分けられていて、文章も描写もうまい。でも、小島さん、〝反女子アナ〟というか、女子アナであることの居心地の悪さ、葛藤をよくお書きになっていますよね。ここに書かれた女子アナたちは、自己顕示欲も野心も欲望も人一倍強いんだけど、それがうまく描写できればできるほど、こういう人たちが嫌いで、こちらに来ちゃったと思われないかなと思ったんです。

小島　それはあるかもしれませんね（笑）。これは女性誌に連載したものなのですが、始めるときに「私のことが嫌いな人は一文字も読まないだろうな」と思ったんです。

それで私を嫌いな人でも読んでくれるとしたら何だろうと考えたら、女子アナの話かなと。むしろ〝暴露本〟と思われてもいいから、その数ページは飛ばさないでほしいという、私の小心ゆえの選択なんです（笑）。

女同士の勝負は永遠に終わらない

林　女子アナって、美しさにも知性にも恵まれた、まさに選ばれた人たちですよね。自信と野心に満ち溢《あふ》れていておかしくないと思うんです。ところが先日、ある女子アナにお会いしたら、すごく容姿にも恵まれて頭もいいのに、なぜか変に劣等感を持っている。これは、なんでなんだろうと不思議になったんです。

小島　それはこの小説にも書いたんですけど、傍目《はため》には劣等感なんて全然なさそうに見えながら、その実、屈折している人が多いんです。たぶん会社員でありながら、タレントでもあって、その両方のいいとこ取りをしたいと思っているからなんでしょうね。そんなこと無理に決まっているんですけど、そのことで、常に何か激しい屈折と、飢え、渇きを持っている気がします。

林　確かに、この本の女子アナたちも〝超勝ち組〟であるにもかかわらず、アナウンサーという仕事を得ただけでは満たされないですよね。報道番組のキャスターになればなったで、いつ飛ばされるか視聴率に戦々恐々となる。人も羨むような恋人を捕まえれば、それをどう報道されるか、それによってどう自分のイメージを捉えられるか、を考える。次は配偶者、子どもの学校と、きりがないですよね。

小島　きりがないです。まあ、小説はあくまでも私の妄想なので、現実にはきちんとケリをつけてワークライフバランスをとっていらっしゃる方もいるんです。ただ、これはアナウンサーという職業に限らないと思うんですけど、男の人だったら、仕事をすることは当たり前で、それが人と差をつけることにはならないし、仕事でついた差を仕事以外のもので埋め戻すことはできないですよね。

でも私の世代ぐらいまでの女の人って、男性と対等な仕事に就くことは、ほかの女性と差をつけることだったんです。で、差をつけられた方は「私のほうが美人」とか「子どもがいる」「夫は医者」など、仕事以外のもので挽回しようとする。永遠に勝負が終わらないんですね。

林　確かに。しんどいですよね。特に、女子アナの場合はしんどいと思います。女子アナになった瞬間から、選ばれたことへの恍惚《こうこつ》と不安とともにずっと人生を歩んでいかなければいけない。みんなの視界から消えたら消えたで悲しいし、ずっと世間から意地悪く見つめられるのも嫌。女の人の憧れと妬みを一身に受けて、それでもステージの上に居続けなければいけないというのは、しんどいと思う。

小島　実際のアナウンサーは、ここまで闘争心あふれる人ばかりではないです。ただ、世間はそうであって欲しいと思っているんですよね。私も十五年局アナをやっている間に何度も、「やっぱり、いじめとかあるの?」などと友達や記者の方たちに訊かれたものですから、いっそ「そうなのよ、後輩のお茶にチョークの粉を入れてやるの」なんて言ったほうがウケるかなと思ったりしました。期待される答えというものが、わかってしまったんですね。

林　ああ、なるほど。

小島　なぜ世間は女子アナに、嫌な女、ずるい女、エロい女でいてほしいと期待するのか。だから小説は「世間が期待する女子アナの世界を書いてみました。どうです?あなたの妄想と同じでしょう?」という当て付けめいた気持ちで書いたんです。つまり主題は女子アナの欲望ではなく、女子アナを眺める人々の欲望です。

林　だから、うまいんですよね、そういう描写が。

作り手のイメージと背景の物語も買う時代

小島　でも、林さんももちろんそうでしょうけど、人前に出るとどう見られるかって、自分ではどうにもコントロールできないですよね。

林　そうなんですよ。

小島　疲れちゃうときもありますよね。

林　今、みんなスマホで写すし、とんでもない世の中ですよね。もうネットのお陰でいろんなことを書かれたりするけれども、何を言われても、この世にネットがないと思えば、全然気にならなくて楽なものです。

小島　そうですよね。テレビもネットも見なければ、この世にないのも同然。何を言われているか知らなくても、特に日常生活に支障はない（笑）。

林　全然ない（笑）。ところが、友達からご丁寧に「こんなこと言われて可哀想」とか、「ちょっとひどいことになっていますね」なんてメールが来るから、余計なお世話だよと。

小島　あれ要《い》らないですよね。私なんか、よくインタビューで記者の方から「あれだけネットで書かれてもお仕事されて強いと思います」なんて言われて。そうすると「すみません、何を書かれているんでしょうか。ていうか余計なお世話じゃ！」って言いたくなります（笑）。

林　私たちはもの書きですから、批判を受ける可能性のあることについては、「こういうような見方もあるかもしれないが」ってうまく逃げられるように書くものなのに、ネットで使われるときって、そういう部分をすべて削られて主語も入れ替えられていたりするから、炎上しちゃったりして。もう勝手にしろという感じですよね。

小島　ネットって広まるのも速いですからね。でもその分、収まるのも速くて、みんなすぐに次の話題に移って忘れていったりもしますけれども。

林　そうそう。むしろ、昔、中吊りに書かれていた見出しのほうをみんな覚えていたりするんですよね。そういうのは何年経っても意外と覚えている。

小島　中吊りは、電車に乗っている間、ずっと見ますから印象も強いですよね。

林　それにしても、私も本当にいろんなことを言われてきましたよ。『噂の真相』に「代々の担当編集者に逆セクハラしている」って書かれたこともある。なんで私がこんなデブに逆セクハラしなきゃいけないわけ？　いつしました？　いつしました？　私だって選ぶ権利あるでしょう、ふざけんなよ、と腹が立って。それだって、「女の作家は売れてくると命令するようになる」っていう妄想が、世間一般にあるからなんだと思うんですよ。

小島　そう思います。「どう見えているか」ということと「どんな人であるか」って、別に一致しなくてもいいと思うんです。でも最近は特に、みんなそのイメージを押し付けたがる。その人が作品を生み出す人であれば、その作品のイメージも重ねる。すなわち、書いたものがドロドロであれば、書き手もドロドロ、書いたものが清らかであれば、書き手も清らかでないとおかしいと。

どんな人が、どういういきさつで生み出したのか、そこの物語まで求めて自分の理想を強烈にかぶせてしまうんですよね。でも、林さんは、林真理子という人そのものが、時代を象徴する存在でいらしたので、最初からそれまでの作家さんとは違う見られ方をされていたのではないですか。

林　そうですね。もう私自体がコンテンツであり、商品で。そこはつらいところですね。つまり私個人が嫌いな人は本を読んでくれないんですけど、読んだ気になってしまう人が多い。テレビだって、私、年に二回くらいしか出ていないのに、「いつも見ていますよ」なんて言われるんです（笑）。でも、まあ、ものを書くということは、非常に意地が悪いことですから。言われることは、ある程度覚悟の上です。私は、小島さんもきちんと意地の悪い観察眼を持っていると思うんです。だから作家の要素があるなと思って。

小島　確かに、意地が悪いところ、あるかもしれません（笑）。

〝嫌い〟だと思うのは自分に似たところがあるから

林　ところで、女子アナの皆さんって、つまるところ、安藤優子さんになりたいんですか、それとも高島彩ちゃん？

小島　うーん、どうなんでしょうねぇ（笑）。高島彩さんじゃないですか、どっちかって言うと。安藤さんは局アナではありませんし、ご自身でずっと取材もされていて、純粋にアナウンサーというよりは、記者的な側面もある独自のスタイルでやっていらっしゃる感じがあります。だから真似しようとしてもなかなか大変だと思うんです。それよりは、高島さんのようにアイドル的な人気もありつつ、ニュースを読む仕事もできて、誰からも嫌われず……。

林　旦那は稼ぎがよい。

小島　旦那は稼ぎがよく（笑）、子どもも可愛く。実際、高島さんって、お会いしてまったく嫌な感じがしないという、あれは何なのでしょうね。私、高島彩さんとご一緒すると、女としてものすごい敗北感に打ちひしがれるんです。何が苦手ということもなさそうだし、性格的にどこかがいびつに突出しているということもない。こんなに全部そろっている人っているんだぁ……って。

林　可愛いですよね。そういえば、この前NHKの朝ドラの『まれ』を見ていたら、主人公希《まれ》の幼なじみの一子《いちこ》が希に対して、「あなたと一緒にいると自分のことを嫌いになるから、本当はあなたのこと嫌いなんだ」という意味のことを言っていて、なるほどと思ったんです。高島さんがどうかはともかく、ああいう朝ドラの主人公みたいに、ひたむきで可愛くていい人で、非の打ちどころがないように見える人って、そういうことを言われているような気がするんですよね。どうですかね？

小島　ただ、そういうふうに正直に言える関係は、まだいいのかもしれないですね。女の人同士って、それが言えなくて屈折していく人が多い気がします。そう思われるほうも、はっきり言われないから、「私そんなに悪いこともしていないのに、なんで人が離れていったりするのかしら」って悩むということはあるかもしれません。

林　わかる！　悪い人じゃないんだけど、この人と一緒にいると自分がすごく疲れるっていう人、いませんか？　この人を好きにならなきゃいけないんだけど、すごく努力もしてみたんだけど、やっぱりダメでした、ごめんなさい、っていう人。

小島　そうですね（笑）。嫉妬しないでいられたら、きっとこの人と一緒にいて楽しいだろうと思うんだけど、相手の美点を発見してしまうから同時にセットで嫉妬がついてくる、というような苦しさを味わうことは、確かにあります！　林さん、そういう方いらっしゃいますか？

林　います、いますよ。この人のこと嫌いなんだけど、この人のことを私が嫌いだと世間の人も思っているだろうから、仲の良いふりをしないと、「お前らやっぱりお互い嫌いなんだろう」と言われるだろう。それはすごく嫌だから、頑張って、もう一頑張りして仲の良いふりをしていこう、というような人はいますよ。

小島　ものすごく複雑な心理ですね（笑）。

林　ものすごく複雑な心理（笑）。

小島　それって何のために頑張っているんでしょうね。

林　以前、メンタリストのDaiGoさんにお会いしたときに、「誰かを嫌いだというのは、自分の中の劣等感の要素が、その人と会って反映されることで刺激されるからです」と、すごくうまいこと言われて、なるほどと思ったんですよね。

小島　なるほど。

林　それと秋元康さんも、あの人いつも箴言《しんげん》を残すんだけど、いいこと言っていて「僕は大嫌いな人と毎年一回ご飯を食べる」と。それはなぜかというと、「その人を嫌いなのは、自分と似ているからなのだから、会うことによって、自分の欠点やいろいろなことがすごくよくわかってくるから」ですって。何もそんなマゾみたいなこと、しなくてもいいとも思うんだけど（笑）。

小島　でも確かに、嫌うって、共感しないとできないですものね。だって宇宙人には共感できないから「怖い」とは思いますけど、「嫌い」にはならないですもの。嫌いというのは、嫌いになるまでに一回共感した過程がないと嫌いになれないんだと思うんです。

林　興味のない人は嫌いにならないですからね。

小島　嫌いになるときって、「この人って、今こういうふうに考えて、こんなふうに思ったから、この行動をとったのではないかしら」って、好きな人を追いかけるくらいの熱意を持って相手の思考回路を追いかけた結果、「ああ、もう嫌だ！　そんな気持ちであんな行動とるなんて信じられない！」っていうふうに嫌いになってしまうのではないかと思うんです。

つまり一回は相手の脳ミソの中で、相手と並走してしまった過程を経ているので、一度うんと近づいてしまった証拠なのではないかと。だから興味のない人って嫌いにならないですよね。

有名人の結婚に嫉妬してしまう理由

林　ところで、私は最近、おばさんになってからというもの、異性を介する嫉妬については全然感じなくなっているんですよ。というよりも、感じ方が変わってきているんです。たとえば仕事の嫉妬とか、よその子どもが頭がよさそうでいいなあとか、そういう嫉妬はありますよ。でも、異性についてはない。
ただ、そうではあるんだけれども、以前ほど明確に「嫉妬」ではないんだけれども、どこか嫉妬に近い感情を抱くことはある。たとえば私が好感を持っていた頭のいい紳士が、すごくつまらない女とつき合っていたりすると、すごく頭に来てしまうんです。

でも、その男のことをそんなに好きかって言われると、違うんですよ。それより落胆しちゃったっていうような気持ち。

小島　ああ、わかります。私も知り合いに、一人、すごく見た目もよくて優秀な男性編集者がいるんですけど、先日、その人が若くして「僕、結婚することになりました」ってあっさり宣言して結婚してしまったんです。「えー、なんでなんで？　モテそうだし、四十歳くらいまで遊んでからでもいいのに」って言うと、「彼女がとにかく若いうちに結婚しないと嫌だって言うので追い詰められました」って。それを聞いたときに、別に私はその人と結婚したいわけでも何でもないのに、「何よ、その女！」って思ったんですね（笑）。

それは自分でも不思議でした。いかにも市場価値の高そうな、競争相手の多そうな男を、早めに押さえておこうと思って、詰め寄って結婚までもっていくその強引さみたいなものが、自分と利害関係がないにもかかわらず、腹立たしい。自分がその男性とつき合いたいかと言ったら、全然そうではないんですよ。ただ市場価値が高そうなことは一目でわかる。それを先物買いで強引に持って行った女がいることに、なぜこんなに？　と自分でも驚くくらい「ええっ？（怒）」って思ったんです。

林　もう三十年くらい昔のことですけど、当時、ロサンゼルス五輪で金メダルを取った柔道の山下泰裕選手が結婚したときに、女の人がみんな怒ったんですよ。小島さん、覚えている？

小島　ああ、確か、ファンレターをくれた方と結婚なさったんですよね。

林　でも、そういうことってたびたびあって、イチロー選手が福島弓子アナウンサーと結婚したときも、みんなすごく怒りましたよね。若乃花の婚約者の美恵子さんも、当時、散々叩かれて可哀想だったし。

小島　最近で言うと、向井理《おさむ》さんが結婚したり、西島秀俊さんが結婚したり、っていうときもちょっと騒ぎになりましたね。そういう著名人の結婚に対する嫉妬とか腹立ちとかって、別に自分と直接の利害関係はないんですけど、直接の利害関係を投影しやすいから、そこに怒っているんだろうなと思うんです。実際、向井理さんと結婚しようと思っていて「私ではなく、あの子を選んだのね」と思っている人は、きっと世の中に数人。それ以外は、向井理本人とは結婚しようと思っていなかったけど、その構図が、「職場の人気男子をうまいこと取っていく女ってむかつくな」って思っているのを、ほかの人と共有するための題材として使えるからなのではないでしょうか。

林　もちろん利害関係はないですよね（笑）。だってそういう芸能人に会える人な利害関係がないことはみんなわかっている。

小島　直接、自分の生活圏で「あんたが許せない」「あの女が許せない」と言うと、んて、まずいないんだから。

反撃が返ってきそうだし、自分の評判も落ちそうですけど、「国仲涼子が許せない」と言ったところで、自分には傷もつかず実害もない。だけど一応、溜飲《りゅういん》は下げられる、みたいな。

林 まあ、そういうために有名人っているのかもしれませんね。

小島 と思ったりするんですけどね。

諦めきれない昔抱いた夢への思い

林 まあいろんなタイプがありますけど、結局、嫉妬って、自分がなりたかった仕事とか、就きたかったポジションへの諦めきれなさ加減というのが、屈折した形で出ることなんじゃないかと思うんですよ。

たとえばアナウンサーの最終試験まで残った人たちは、ずっとそういうことを思っている人も多いかもしれませんね。みんなキー局落ちたら地方に流れていくんでしょう？「小島慶子の隣に座って、あの人が受かって私はダメだったけど、最終の五人までは行ったのに」とか。

小島 どうなんでしょうね。それこそ作家さんだって、新人賞とかで次点で落ち続けている人なんかは、複雑な思いがあったりするんですよね、きっと。

林　まあ、そういう人はある時点で諦めて別の仕事に就いていると思うんですよね。

小島　でも、そういう夢がありながら、たとえば編集者になった人なんかがいたとしたら、作家さんに憑依《ひょうい》して「何なら俺がこいつを育ててやろう」とか「ダメ出ししてやろう」とか言ってきたりしそうですね。ないですか、そういうこと。

林　たまに編集者で、作家志望で二次選考、三次選考まで行ったとかいう人はいるみたいだけど、そういう人は定年で辞めた後に、ものを書いたりしますよね。

小島　やはり書かれるんですね。私の以前の上司にも、甲子園に行って投げたという方で実況アナウンサーをなさっている方がいたんです。その方はしっかりと職人に徹していましたけど、それでも内心は、すごく難しいんだろうなと思います。俺だったかもしれない人を実況するということは、どこかで負けを認める過程を経ないといけないですものね。

林　そうだよね。私の友達がある有名な歌舞伎の御曹司とつき合っていたことがあったのね。そうしたら、「その人の婚約記者会見のときに、隣にいたのは私だったかもしれない……」っていうメールが来たことがあったから、みんなそういう思いがあるんじゃないかな。「本当は、私だってつき合っていたのよ」ってその日十人くらいに言っちゃいそう（笑）。

小島　「ちょっとよく見て。若い頃の私に似てない？　やっぱり私のことが忘れられなくて、あの子と結婚したんじゃないかしら」なんて言いがち（笑）。

林　「家のために結婚したんだよ」とか。

小島　「でも、本当は忘れられないのは私なの」とか。

林　そうそうそう（笑）。

小島　だから私いつも思うんですけど、女子アナ人気には、男の肩書コンプレックスと欲望を女に投影している面がありますよね。「俺だって、こういう名刺出したかった」というのを男にやられると悔しいけど、女には欲望を投影できる。キー局の局アナは勝ち組サラリーマンですが、女性という〝対象物〟でもあると。権威主義と男尊女卑が混ざった感情ですね。

林　なるほどね。それと、たとえばTBSの人だったら、大学の同期がTBSに勤めていたとして、「うちの女子アナに会わせてやるよ」と言って会わせてもらえる可能性があるじゃない？　芸能人だったらまずないけど。「堀北真希ちゃんに会いたい」って言っても、まず無理だと思うんだけど（笑）。

小島　そうなのかもしれませんね（笑）。高嶺《たかね》の花でありながら、もしかしたら手が届くかも、っていう存在なんでしょうね。

林　そこでコンプレックスも解消できると。そういう普通のサラリーマンに会う可能性はある？

小島　はい、あります。普通のサラリーマンと結婚した人もたくさんいますよ。

林　私、ずっと前、中華料理を食べていたら、フジテレビの女子アナの人が接待に呼び出されていて、何だかすごくつまんなさそうに、名刺配った後ずっとスマホをいじっているの見ちゃったけど。

小島　あ、いい現場をご覧になりましたね（笑）。そりゃ接待なんてうんざりでしょう。

林　「接待に来い」とか言われること、あったんですか？

小島　私はなかったですね。フジテレビは女子アナをちゃんと花形部署の花形要員として持ち上げる風土があるらしいのですが、私が入った頃のＴＢＳはどちらかと言うと「お前ら、俺たちと同じ会社員なんだから、画面に出てるからって特別だと思うなよ」という感じだったので……「特別扱いなんてしてやるもんか」というのが強かったんですよ。だから、最初の話に戻りますが、屈折していたんです。「社員なのか、タレントなのか、どっちなんだろう、私？」って。

林　なるほど。本人たちもコンプレックスがあるところへもってきて、男の人にも、タレント性と大企業に勤める箱入り娘感の両方で憧れられる。傍から見ると羨ましいような気もしますけどね。そう言えば、先日も『ＦＲＩＤＡＹ』で騒がれた女子アナがいましたけど、そういう苦労もつきまとう。

小島　そうですね。ただ過去の例を思い出してみると、スキャンダルに見舞われたとしても、一回目のハレンチ騒ぎは、もしかしたら出世のチャンスかもしれない（笑）。

林　なるほどね。私も一回目はいいと思うんですよ。

小島　そうなんです。でも、二回やってしまうと、〝尻軽女〟としか見られなくなってしまうので、そこは危ういところですね。これも女性蔑視的ですが。

林　確かにね。一回目は写真が汚くなければ、逆手に取って出世する可能性も大いにあるかも。

小島　本業以外のところでキャリアが左右されるというのも、しんどいですよね。

林　そういうところも含めて憧れや嫉妬を抱かれる存在なのかな。

「お前、美人で世渡りできると思っているんだろう」

小島　やはり、人は自分が持っていないものに対して敏感に反応するものだと思うんですね。最近「美人すぎるナントカ」という表現をよく聞きますけど、それが独り歩きするのも、容姿については、特に簡単に目につきやすいからなのではないかと。

林　なるほどね。

小島　日本の社会って、まだまだ「女っていうのは」と二言目には言われたり、自分から出ていくのは下品だと批判されたり、何かを誇るのはえげつないという圧力が、すごく強いと思うんです。
　だから、仮にまったく無欲だったとしても、ただ美人がそこに居るだけで、「お前、内心で人を馬鹿にしているんだろう」とか「お前、美人で世渡りできると思っているんだろう」とか、言いがかりをつけられがちです。それで迷惑している無欲な美人もたくさんいるでしょう。
　あと客観的に「自分は美人に生まれたな。まあ多少は強みになるな、この顔。じゃあ、それをうまく生かそう」と思って必死に生き延びていると、それはそれでまた非難される。
林　うーん、難しいねぇ。美人が生きていくのは。本当に大変かもしれない。その顔に生まれたっていうだけで、嫉妬にさらされ続けるんだから。
小島　それってアンフェアですよね。だって、たとえば文才があるとか、足が速いとか、ビジネスの能力だったら別に何の咎《とが》めも受けない。でも、たまたま自分の持っている売りが容姿という目に見えるものだったがゆえに、誹《そし》りを受けるという理不尽さ。
林　あ、私ね、今度『ビューティーキャンプ』っていう小説を出すんです（二〇一六年二月、幻冬舎より刊行）。それが、ミス・ユニバースの日本代表選考会の最終選考に残った、いわゆるファイナリストたちが、ビューティーキャンプで二週間キャンプする、その話を書いているんですよ。

小島　面白そうですね！

林　そこで、今小島さんが言ったことと同じことを、エルザ・コーエンっていうディレクターの女性が言うんです。「世間というのは嫉妬深いからあなたたちに言うかもしれない。賢い、というのは自分で努力して身につけたものだから価値がある。だけど美しさなんて生まれつきのものだから価値はぐっと低いのだと、あなたたちに向かって言うかもしれない。だけど私は言いましょう。あなたたちの美しさの方がずっと価値があります」「あなたが日本代表になり、そして世界一になったら、あなたが美しく生まれた意味がきっとわかるわ。だから全力を尽くしなさい」って。

小島　すごい、そんなことを言う人がいるんですか。

林　違う、私が作ったんですよ。

小島　あ、すごい（拍手）。それは迷える美人の心をわしづかみですよ、きっと。

林　そうでしょう？

小島　最初にお話ししたように、やはり女子アナにも被害感情はあるんです。私もそうでしたけど。容姿を生かした職業に就いて、ちゃんと努力もしたのに「あいつらはいい気になってる」と誹りを受けて、「私たちってひどい目に遭ってる」みたいな気持ちになることもあるんです。別に誰かから容姿を横取りしたわけではないですしね。どんな顔に生まれるかは誰も選べませんから。

タレントになっちゃえば、美人なんて当たり前だし、その中でどう抜きんでるかが厳しい世界なので、傷ついている暇はないんですよね。でも、局アナは中途半端で、サラリーマンとして「やりなさい」と言われた仕事をやっているだけ。なのに好き勝手なことを言われるなんて、なかなか理不尽ではあります。だから、それぐらい振り切ったことを部長が言ってくれたら救われる人はいると思います（笑）。

林　嬉しい。おまけにミス・ユニバースのファイナリストクラスになると、身長が一八〇センチ近いわけ。みんな一七五以上ある。つまりみんな、子どもの頃は「のっぽ」といじめられる。そして思春期を過ぎると男の子がガンガン寄ってくる。すると学校の先生や親が「あなたに隙がある」と言ってくる。つまり「ちっともいいことない人生だった」って大抵のファイナリストレベルになると言うの。

小島　なるほど。確かにそういうことがあるかもしれませんね。

林　だから、そこでディレクターが「でももう悩まなくていいの。あなたたちは美しい。これを誇りに思い最大限に使いなさい」と言うわけです。

小島　すごい！

林　でもね、何人ものファイナリストに話を聞いたんだけど、五、六人と一緒にご飯を食べたりしていると、その人たちのところだけ後光が差してるの（笑）。青山だから、お店にいる女性たちのレベルも高いんですよ。でも、その背の高さも美しさも、もう違うのよ。そこら辺のお姉ちゃんたちとは。

小島　おしゃれな人多いですけど、青山。それでも違うんですね。なるほどね。

林　でも、そんなふうに、あの人たちは顔で出世したと言われるのが嫌だから、ミス・ユニバースに出た後で医大に入り直したり、留学したり、事業始めたりと、いろいろな方面に進むんですよ。だからもう、ここで一段落しましたっていう感じなのかもしれないですね。

「クソ女」と思いながら下につく子分体質の女

小島　やはり、目に見えることはややこしいですね。目に見える異端は一番攻撃しやすい。

林　二〇一五年、直木賞候補になった柚木麻子さんの『ナイルパーチの女子会』(文藝春秋)ですけど、女友達のいない二人の主人公が登場するんです。

そのうちの一人が、美人で可愛くて、頭がよくて、一流大学出て、一流商社に勤めているんだけれども、女の友達が一人もできなかったという設定なんです。それがコンプレックスで、どんなことをしても友達が欲しい、友達が欲しい、女子会したい、ゆっくりお茶したいというので、どんどん引かれちゃうという物語。

でも私は選評にも書いたんですけど、そんな女の子に近寄ってこない女の子はいないと思うんですよ。その子がどんなに性格が悪くても、そういうきれいで頭がいい女の子には、必ず卑屈にそのヒエラルキーの下につこうとする女の子がいて、独りぼっちということはあり得ないと思うんですよ。子どものときから一人も女友達がいないということは。

小島　確かにそうですね。子分体質の人はいますから。「死ねばいいのに」と思いながらもつるんでいる人っていますよね（笑）。

林　いる。そうなの。さっきも言ったけど、私も、「下につく」とはちょっと違うけど、「この人のこと嫌いなんだけど、この人のことを私が嫌いだと世間の人も思っているだろうから、仲の良いふりをしないと、『お前らやっぱりお互い嫌いなんだろう』と言われるだろう。でも、それはすごく嫌だから、頑張って、もう一頑張りして仲の良いふりをしていこう」と思っていたりする（笑）。

小島　そうそう（笑）。でも、そういう、ちょっと可愛い屈折ではなくて、もっとドライに割り切っている女の人っていますよね。「このクソ女」って思っているんだけど、「この女の横にいると、自分も光の当たるグループにいられて、おいしいから」って言って。

林　そうそうそう。

小島　だからね、正面切って美人で世渡りしている女よりも、美人の知り合いを利用して世渡りしている女のほうが、よっぽど邪《よこしま》なところがありますよ。「私なんて」と謙遜しながら、常に光の当たる場所にピッタリくっついて、おべんちゃら言う人とかね。

林　わかる、いますよ、います、そういう人。

小島　いますよね。そっちのほうがよっぽど性悪っちゃあ性悪なんですけど、見た目でわかりづらいから、やっぱり。

林　それで結構、合コンのときに気配りなんかして、「あっちの子のほうが気がつく」って言われて、おいしいところ持っていったりしてね。

小島　そう。そうすると対比で「やっぱり美人はいい気になっているから、何もしないんだね」って美人が悪者になる（笑）。女はどのみち、見た目から自由になれないんです。美人も不美人も地獄ですね。

リスクを取って望みを叶えていく

林　あるイケメンの俳優さんが、「どんなにいい演技をしても、顔に注目されて、そこを見てもらえない」と不満を漏らしていたって聞いたことがあるんですけど、そういうこともありますよね。でも、俳優さんはやはりちょっと違って、みんなそういう時期を乗り越えて名優になっていくわけですよ。最初はみんなハンサムなのが売りのところから出発して、歳を重ねて顔に皺《しわ》ができて、いい俳優さんになっていく。

もちろん途中で消えちゃう人は消えちゃうけど、名優になっていく人もいっぱいいるわけで。逆に二枚目じゃないから「ずっと脇役でいいです」っていうのも、私は違うと思うんですよ。俳優と言われたからには、主役を取りたいですよね。「ずっと脇役でいい」というのは、私はある種の諦念だと思いますよ。もっと嫉妬して、戦って、主役を取りに行ってもらいたい。

私が野田聖子さんを好きなのは、「政治家になったからには、誰だって総理大臣やりたいでしょう」って言うところです。

小島　正直ですよね。

林　そう、正直。

小島　そうですよね。「総理とか、別にいいです」っていう人には票は入れたくないですよね。

林　そうそう。最初から「いいんです、私、縁の下の力持ちの政治家で」って言う人よりは、「やっぱり国を動かしていきたい」って最終的にはそれを高らかに言うから、私、偉いなと思ったの。

小島　そうなんですよね。「何かを目指してます」とか、「自分の武器はこれだと思います」って明示するって、いわば隙を見せることでもあるし、その分のリスクも取るわけじゃないですか。「総理になりたいです」って言った途端、みんなから嫉妬されるし、なれなかったときにかっこ悪いというリスクを取っているわけで。

林　そうです。

小島　でも、謙虚さって、見た目にはいいかもしれないけど、「何のリスクも取らず、人から嫌われずにいよう」なんて、そんなうまい話はないと思うんですよ。

林　そうなんです。謙虚さって、本当におっしゃるとおり、「リスクを取らないでいよう」という、「せこさ」なんですよ。

だから、そういう人は、「こう言っていれば、世の中から嫌われないだろう」という考えにすぐ逃げがちですけど、違うと思うのね。「俳優でデビューしたからには、大河の主役やりたいです」とか、「ハリウッド行きたいです」とか、そういうこと言う人好きだなあ、私。

「いや、私なんか地味な女優です」なんて言う人は、言ってろって感じ。それは人が決めることで、あなたが自分で言うことじゃないんじゃないのって思いますよね。女優になったからには、大きな役を目指さないと嘘だと思いますけど。

小島　言うことって勇気が要るし、垢抜けないじゃないですか。「馬鹿じゃねえの」

って言われるだろうけど、「馬鹿で結構」で貫けばいい。「私なんか」って言うと、謙虚に見えますけど、そういう人に限って「自分は人から見つけてもらえなかった」と言って、リスクを取ってうまくいった人間を妬んだりする。それはすごくお門違いだと思うんです。

林　そうなんだよね。そして、「私は人から必要とされていない」とか言っちゃったりするの。「ほかの人はいつもいい思いをしている」って。

小島　でも、そのいい思いをしているように見える人は、生き恥をさらしつつ、批判を受けつつ、でも己の信じるところを進んできたわけだから、それは文句を言うにあたりませんよ。

林　私もこの歳になってわかったけど、リスクを負わないでいる人、何かきれいごと言っている人って、本当にそのまま停滞していくよね。自分の希望や、なりたいものを口に出して言ったときに、人ってパワーをもらえるんですよ、ちゃんと。

小島　ああ、確かに。言霊《ことだま》ってあって、だから私、野田聖子さんは、次の次くらいに、きっと総理になると思うよ。あの人、この前（二〇一五年）の総裁選に立候補したときに「総理になる」って言ったことで、パワーもらっているはずだと思う。

小島　この前の総裁選ねえ……。

林　残念。男の人、すごいからね。可哀想。可哀想だけど、仕方ない。

小島　でも、ああやって名乗りを上げることって大事ですよね。

林　大事です。全然実力がない当選一回の人が「出ます」って言ったら、それは出られないか、馬鹿って言われるけど、あの人は何回も大臣経験があるし、そこはちゃんと裏付けがあって名乗り出たことだと思うしね。

小島　俳優さんだって、結果として今残っている人たちっていうのは、もちろん努力して、やりたい芝居があったら、そこの演出家に一生懸命アプローチするとかいうことをやっている人たちですよね。

それを他所《よそ》から見て「あいつ、顔がいいから、いい気になっているんだ」って言う人は、その場所に残ることが、どれだけの努力をした結果かということを理解していないんだと思う。

他人の顔色を見て無欲を装うことをよしとするなら、その代わりに何の見返りも得られないことも引き受けざるを得ない。それを「何も得られない私と、何かを得ているあいつだったら、あいつのほうが悪者に違いない」と決めつけるのは筋違いです。

謂れなき批判や誹りを振り払って上に行く

林　そう。私の知り合いにキャンキャンキャンキャン「あの人は某テレビ局の常務の愛人で、だからMCやってるんだ」みたいなことを常に言っている人がいるんですけど、本当に負け犬の遠吠えにしか聞こえない。

小島　本当に裏を掴《つか》んでいるんならともかくね。

林　以前、全然売れないノンフィクションを書いている人がね、「誰々と知り合いで」とか「親しくて」とか、そういうことばかりを言っていたの。それで、たとえば、カリスマモデルのある人のことを「地方の誰々の愛人でね」なんて、散々知っているように言うわけ。
　だから後日、そのモデルさんに会ったときに、その人のこと知っているかどうか尋ねてみたんです。そうしたら彼女、「あ、昔ご一緒して、懐かしいわ。お元気かしら」って言ったんですよ。「ああ、やっぱり勝っている人は違うわ」って思ったもん、私、本当に（笑）。

小島　それは、味わい深い話ですねえ（笑）。

林　うん、そういうふうに今勝っている人って、昔を懐かしがる余裕があるっていうことなんだよね。負けている人って「昔、あのときああしてこうして」って過去の自分をすごく被害者意識でしか見られないのよ。「あのとき私だって、何とかしていたら、キャンキャン」って（笑）。誘いもなかったし、勇気もなかったのに、それを全然わかっていないんだよね。

小島　勇気を出せずにチャンスを得られなかった人が、リスクを取って見返りを得た人のことを「あいつ、いい目に合っているのは、何か悪いことをしたからだろう」と言いたくなる気持ちもわからないではないんです。

自分が不幸なのは誰のせいでもない、とはなかなか思えないんですね。特に相手が女性の場合、「きっと容姿を利用したんだろう」とこじつけやすい。容姿が売りの仕事ではない人ほどそう言われがちです。女なんて所詮は見た目だという侮りがにじむんですよね。

林　話はちょっと違うんだけど、私がほら『ルンルンを買っておうちに帰ろう』で、世の中に知られるようになってきたときに、昔、私がすごく仲良くしていたコピーライターの専門学校の人たちが、言うわ書くわで「あの人、昔からすごい売り込みが激しかった」「上昇志向が普通じゃなかった」って、大変だったんですよ。

小島　ああ、見苦しい。

林　もっとすごいのは、「あの人は授業に自分でCMソングを書いてきて、そこでギターを弾いて滔々《とうとう》と歌った」って言うわけ。でも、私、ギター弾けないのね。

小島　アハハ、すごい（笑）。

林　「え？　いつ私そんなことしました？」って感じなの。それで何かのときに、「私、そんなことした？」って聞いたら、そこにいた五人のうち三人くらいが「した」って言うわけ。共同幻想で言っているんだと思うけど、「あの林真理子って、すごかったよね、売り込みが。ほらほらギター弾いて歌ったじゃん」「そうだよ、そうだよね」って言っているうちに、刷《す》り込まれてきちゃったわけ。「私がギターを担いで学校に来た」って。

小島　既成事実に（笑）。

林　で、そこで「私がCMソングを作ったので、聞いてください」と言って、歌ったって。そこにいた人たちがみんな聞いたって言うんですよ。

小島　どうしてそうなっちゃうんだろう。先入観って怖い。嫉妬が原動力の共同幻想でしょうか。それで全員が安住の地を得たわけですものね。

林　そうです、そうです。「すごかったよね」って言って、その場で盛り上がったんだと思うの。それで、みんなの中には、ギター持って歌う私の姿ができてしまった。だからさ、私ぐらいの成功でこんなに言われているんだから、もっとすごい人って、どんなこと言われているんだろうなと思って。

小島　いや、林さんの成功は華々しいので、嫉妬しちゃうだろうなというのもわかりますけど、それにしても、すごいですよね。

林　だから、そういうのから逃れようと思ったら、またもっと上に行かないといけないんですよ。その時々で何か言う人というのは必ずいるんです。それを振り払ってまた上に行く。また振り払ってその上に行く。そうしていくうちに、だんだん言う人が少なくなってくるんですよね。人間、努力するって、そういうことだと思うんです。まだ中途半端なうちはいろんなことを言われる。上に行けば行くほど言われなくなるんですよね。

小島　ということは、私が誰かから、それこそ「林さんはね、ギター持って歌ってたんだよ。すごく出たがりの人だったんだよ、昔から」っていうのを聞いたら、その人はその妄想によって安定しているのだから……。

林　「あ、そうなの」って言ってやれば一番いいんじゃないですかね。

小島　「ああ、そうなの」と言いつつ、「この人は、こういう話によって安定する人なんだ」っていうのをわかっておいたほうがいいわけですね。

林　そうなんです。

小島　超用心しないといけませんね。

輝いている人の取り巻きの屈折

林　そう、超用心しないといけない。でもね、人の悪口を言う人も嫌だけど、全然言わない人というのも、これはこれでね。

小島　これまたリスクを一切取らない人ですね（笑）。

林　「人の悪口なんて言ったことありませんよ」みたいな、そういう人って、すごく嫌じゃないですか。

小島　でも、羨ましいくらい上手な人いますよね（笑）。ヒュッと引っ込んで、絶対地雷を踏まないようにする。

林　それと、気をつけなきゃいけないのが、いつも紛れ込んでいる人ね。

小島　いつも紛れ込んでいるって、どういう意味ですか？（笑）

林　なんでこの集まりにこの人がいるんだろう？　っていうような人ですよ。いますよね？

小島　ああ！

林　たとえば有名人同士でお酒を飲みながらガンガン話しているじゃない。そうすると誰かがよくわからない人を連れてくるの。それで聞いている。私、ああいうの、すごくいけないと思うのね。

小島　ああ、怖いですね。

林　そういう人が一人交ざるだけで怖い。でもさ、大人になって「この女の人は用心しなきゃ」とか、だんだん分類できるようになったでしょう?

小島　そうですね。

林　有名人の周りにいる、そういうタイプ。

小島　私は盛り場人脈みたいなものがあまりないのでわからないですけど、でもそのとき売れている有名なタレントさんの周りって、本当に人が多いんですよね。メイクさん、衣裳《いしょう》さん、何とかさん。もう取り巻きだけでザーッとこう。そういうザーッと取り巻いている人たちを見ると、大変興味深いですね。やっぱりこう……。

林　わかる。対談のときに、映画会社の人、ヘアメイクの人、ずらっと並んでて「これ、何か、今日トークショーでもあるんですか?」って思わず言っちゃったことがあるけど、「何これ?」と確かに思うとき、ありますよね。昔、ある女性ミュージシャンの御一行様に新幹線で遭遇したことがあるんだけど、車両を移動するのに、みんな手をつないでゾロゾロゾロゾロ、まるで大名行列のようだった(笑)。

小島　私、高校時代に学校の部活動で茶道をやっていたんですね。そこの系列の教室が池尻大橋にあって、ちょっと通ったことがあるんです。すると、そこには先生の取り巻きのおばさまたちがたくさんいらっしゃるわけです。

で、先生はざっくばらんな方なのに、周りのおばさまたちが、かなり排他的で、強固なヒエラルキーをつくっていて、その壁が厚すぎて先生に直接アプローチできないんです。そのときに、一番光り輝いている人よりも、その周りをがっちり固めている人の欲望のほうが、より強く、より屈折している、と気がついたんです。

ADの中に必ずいるとても太った女の子

林　ああ、わかります。『ビューティーキャンプ』でも書いたんですけど、テレビのADさんとかに、必ず太った女の子がいるでしょう？　かなりの割合で。ものすごく太った子。あと空港の荷物検査のカウンターにも二人くらいいる。あれはすごい屈折の形だと思うんですよ。

小島　空港も、ですか？　そうでしたっけ？（笑）今度気をつけて見てみます（笑）。

林　ADは見てください。ロケのときについてきたりする中に、必ず太った子がいるんですよ。あれはすごいストレスで食べちゃうのかな、とも思うけど、やっぱり正社員になれない、下請けのプロダクションのADではあるんだけれども、とにかくそういう華やかな場の周りに居たいという、その一心の屈折した劣等感がそうさせるんだと思うんです。

私の小説の中にも、撮影のスタッフとしてそういう人物が登場するんですけど、失敗ばっかりするわけ。それでディレクターがその子にこう言うんです。「吹き出ものがいっぱい。体重はおそらく……八十五キロはあるわね」「私はこういう仕事をしているから、あなたみたいな女が大嫌いなの。何の努力もしない。劣等感でこりかたまっているくせに、自分とは全く不似合いの世界に行きたがる」って。

でも、その後にこう続けるの。「可愛い目をしてるわ」「あと二十キロ痩せたら、信じられないくらい大きくぱっちりするはずよ」「私の視界に入って、私のところへやってきたからには、今のままでは許さないわ」「ミス・ユニバースはさすがに無理よ。だけどね、どこか地方のミスコンテストだったら、必ずあなたをファイナリストにしてあげる」って。

小島　それ、だいぶな発言ですけど、放っておかないんですね。

林　そう。「イラつくのよ、あんたみたいな何の努力もしない女を見ると」って。自分で書きながら、私も「こういうことを、昔、誰か言ってくれりゃ」って思った(笑)。「あんた、もっと痩せなさい」って言ってくれればよかったのに、若いときにって。

小島　それで発奮することもあると。屈折しているだけだと周囲が持て余しそうですね。

林　そう、本当に持て余す。それで、おしゃれしているわけでもないんだよね。しまむらで買ったみたいな、なんかヒラヒラの着てたりとか。

小島　この間、ある著名な男性の音楽家の方が海外から日本に帰国されて。で、その方とちょっと共演する機会があったんですけど、やはりそういう女の子が、もう「私が先生を守るから！」みたいな感じで怒鳴りまくっているんですよ。テレビ局の人に「こんなんじゃ、先生の音は響きません！」とか「さっき、言ったじゃないですか！」とか、怒鳴り散らしているんです。

林　ええっ？　そんななの？

小島　ええ。それを見たときに、この女の子は、今初めて誰よりも強い立場に立てたんだろうなと思ったんですよ。こんな形で発散しないではいられないほど、彼女が抱えている屈折は深いんだろうなと。

　しかしながら一方で「お前、こんな形でしかできないのか」という苛立ちも感じたりして。いろいろ考えさせられました。私がその音楽家と話すと、キッとなって間に入ってきたりするんです。「ダメです！」と言わんばかりに。なのでその音楽家に話しかけるときには、必ず最初に彼女を見て、それから音楽家を見て……。

林　まあ、気を遣っちゃったね。

小島　でも、音楽家の男性もそれを利用しているのかわからないですけど、彼女の暴君ぶりにも何も言わないんですよね。彼女がそうやっていてくれる限り、自分はいい人でいられるわけですしね。

林　そうそう。「本人はいい人なんだけど、マネージャーさんがね」って言わせるようにするパターンってよくありますよね。

いい噂を話す喜びのほうがずっと大きい

小島　林さん、いろいろ勝手なことを言う人がいなくなったのって、いくつくらいからですか。

林　え？　それはまだ言われているかもしれないけど、もう耳に届かないもん（笑）。いや、私ね、本当に中年くらいまで、まあすごい「気にしぃ」だったんですよ。それで私の性格を見抜いて、ある人はこう告げ口するわけ。「お前のこと、こう言ってたぞ」って。「新潮社の○○がこう言ってたけど、でも自分が庇《かば》ってやったぞ」とか何とか。

小島　あ、嫌な感じ。

林　でしょう？　でも、あまりに気にし過ぎると、そっちの話の虜《とりこ》になっちゃうんですね。だから、今そういうことを言われると「え、私、だって人に何も悪いことしている覚えないし、普通に仕事して、普通に人とおつき合いしているだけだから、そんなこと言われる覚えないから」って言うの。

小島　なるほど(笑)。すごく強くなられたわけですね。

林　そうなの。そうすると、もうあまり誰も言ってこなくなるのね。「え、私、そんなに言われてるの？　嘘、嘘、なんでそんな陰で悪いこと言われるの？」って気にすると「大丈夫、真理子ちゃん、私が何とかしておいてあげる」となる（笑)。

小島　悪いやつですね、その人は。

林　私たちの仕事って、一人でやっているから不安も多いじゃないですか。だから気にしたこともあったけど、今は言う人は言うし、というふうに思って、自分が悪いことしていないから気にしないと決めたんです。

小島　噂話のネタになっている人より、噂話を持ってくる人の性根《しょうね》に用心ですよね。「あの人は顔で世渡りしている」「あの女は寝て仕事を取ってる」って言われている女性のほうじゃなくて、言っている人のほうにこそ興味の対象を移したほうがいいですね。罪があるのはそっちの人。

林　私、大人になってね、すごく変わったなと思うことがあるんです。それは人に告げ口を絶対しない。「誰それさんが小島さんのこと、すごく悪く言ってたよ」と言うと、私も嫌われるし、言われた小島さんも気分悪くするじゃない？　そんなことしたってしょうがない。言うほうも損ですよ。そんなことより、小島さんのいい噂聞くと、「あ、これを早く話してあげよう」って。「この間、対談でお会いしたら『本当にエレガントで頭のいい素敵な人だ』って何々さんが言っていたよ」って。

小島　それは超嬉しいです（笑）。

林　この喜びのほうが、ずっと楽しいなと思って。だから、全然反対のことをお互いに聞くときだってあるわけだけど、それは絶対言わない。大人になったなぁ（笑）。

小島　いつくらいから、そんなふうになられたんですか。

林　十七〜十八年前かな。私ね、昔つい「あの人、結構男出入りが激しいらしいですよ」みたいなことをある偉い人に言っちゃったことがあるの。そうしたら「僕はあの人と別に親戚になるつもりはないんだから、関係ないでしょう」って言われて「あ、私、本当に下品な女だな」と反省したんです。

だから今私たちが批判した人たちも、そういう痛い目に遭って、自分のみっともなさを知らないとダメなんだよね。余計なことを言って注意されたり、嫌われたり、いろんな経験を積んで、それが身に沁《し》みないとね。今の人って、すごい失敗をしたり、人から何か言われたりしても身に沁みないような気がする。

小島　私、林さんのお話を聞いて、今古傷が開いたんですけど、大学一年のときにつき合っていた彼氏に、ひとつ年上の女性の先輩のことを聞かれたんです。「なんとかさんって知ってる？」って。

そのときに「あ、知ってるけど、私すごく嫌いなの。性格悪くて」って言ったら、彼に「俺に関係ないじゃん。君がその人のことを嫌いかとか、君から見てその人がどういう人かとか、俺に関係ないのに、なんで最初にそれを刷り込もうとするの？　お前こそすげぇ性格悪いな」って言われて、すごく傷ついて。その後フラれたんですけどね、今それを思い出しました（笑）。

林　まあ若い頃はしちゃうわよね。でも、そういう失敗を経験して成長した、今の小島さんのこのチャーミングな性格って、やっぱりすごくうまく仕分けができているんですよ。この人にはこういうこと言っていい、こちらには言ってはいけない。小島さんがまったく嫉妬をせず人の悪口も言わない、ただのいい人だったら、こんなにチャーミングじゃないと思う。

小島　じゃあ私、すごく成長したんでしょうか（笑）。嫉妬しない人間にはなれないけれど、少なくとも下品な嫉妬はしないようになってきたかな、とは思います。

謂れのない言いがかりをつけられたりとか、誰でも経験していると思うんですけど、嫉妬されるのを恐れずわが道を行く、っていうことが大切なんでしょうね。

II 強欲

「強欲」を上手に飼い慣らすために

小島　前章の「嫉妬」に続きまして、この章では「強欲」について語っていきます。欲望ってとても大切なものだと思うのですが、一方で、ちゃんと飼い慣らすのが難しいものなのではないかな、と思います。嫉妬に負けず劣らず、これも今の世の中、さまざまな形で現れていますよね。自分が欲しくて諦めきれなかったことに対して嫉妬が芽生えるという話が前章でも出てきましたが、やはりその源になっているのは、捨てきれない欲望でしょうし。

林　また女子アナの話になってしまいますが、この前週刊誌を読んでいたら、「女子アナは人気も玉の輿《こし》もお金も欲しがるけど、ある女子アナはものすごい資産家と結婚して玉の輿に乗ったばかりに人気が下がった。女子アナであっても、そう何もかもはうまくいかないものだ」なんて、そんな意味のことが書かれていたんです。でも、人生そんなものじゃないのかなと思うんですけど、女子アナの人たちって、そんなに玉の輿も人気も何もかも狙っているものですか。

小島　最近はそんな強欲な人は少ないかもしれません。実現可能性が低いですからね。ただ前章でも言いましたけど、局アナになる人って、優等生にもなりたいけど、人気者にもなりたい。大企業のブランドも手にしたいけど、個人の認知度も上げたい、というように、ふつう両立しないものを両方手に入れたいと思っているんですね。その意味では、かなり強欲だと思います（笑）。

林　なるほどね。でも、女子アナに限らず、いま都会で生きていこうと思ったら、玉の輿までは望まないにしても、お金はないよりあったほうがいいですよね。田舎だったらいいんです。地方はわりと、ある意味平等だから。でも都会はそうはいかない。私、この間、会員制レストランで食事をしていたら、離れた席にひときわ華やかな一団がいたんです。見たところ、幼稚園だか小学校だかのママ友仲間が、その中の一人のお誕生日を祝っていて、みんなシャンパンをガンガン飲んでるの。

小島　会話を聞いてみたい（笑）。

林　それがみんなノースリーブを着ているわけよ。夏のノースリーブじゃなくて、わかります？

小島　ああ、セレブっぽい感じですね。ドレスみたいな。

林　そう。セレブっぽいノースリーブ。私は十時半には帰って、それでも遅いと思ったんだけど、彼女たちはまだ席を立つ様子もないの。その中にいたのが元女子アナの人だったんですけどね（笑）。やはり、東京の女子は、みんなこういう生活に憧れるんだろうなと思って。

ある程度の欲望は向上心のためには必要

小島　私、みんなが、やれバーキンだ、ケリーだって憧れたのは、バブル期だったからなのかなと思っていたら、実は今も根強く「自分へのご褒美でいつか」なんてあるんですね。世の中の景気が変わっても、憧れのランクは下げないんだなと思ったんです。バブル時代と比べれば、憧れへの距離は遠くなっている。そして遠くなればなるほどまぶしい。女性誌を読んでいても「変わらないんだな」と感慨深いですね。

林　いや、私だってもちろん欲が深くて、自分でも強欲だって認めていますけど、それなりに努力はするし、自分の中で消化できているから、しようがないかなと思って自分を納得させているんです。私たちみたいな仕事をしていたら、それは向上心にもつながるものだと思うのでね。でも、やはりお金はかかる。

小島　林さん、今一番お金をかけられるのって、着物ですか。

林　いや、打ち止めです。もうお金ないんだもん。着物の欲って、洋服の欲とは違いますよね。

小島　美術品を買うみたいな感覚がありますからね。ワンピースで百万円はさすがに高いけど、着物なら普通かなとかね。

林　そうなんですよ。

小島　じゃあ洋服？

林　いや、先日クローゼットの整理をして十四袋捨てたんです。

小島　十四袋！　四十五リットルのゴミ袋にですか？

林　そうそう。エアコンが故障したので部屋に工事の人が入ることになったんです。それであまりにひどいからって整理し始めたら、まあ出てくる、出てくる（笑）。今までチョモランマのようで中に入れなかったから何を持っているか把握していなかったんですけど、三年前に買ったセリーヌのブラウスとか、いっぱい出てきて。なので、しばらく買わなくてもいいのかなと（笑）。

小島　チョモランマのようで中に入れない！（笑）　いや、でもその十四袋の中身も絶対使えるものだったと思いますけどね。

林　いやいや、安いものばかりで。でも結局、段ボール五箱分くらいは親戚にあげましたよ（笑）。

欲しくないと言い切れて欲から自由になれたら

小島　女性の欲望が底なしというのは、勝負できる項目がたくさんあるからですよね。あれもこれも全部ひと通り、どの方面から攻められてもちゃんと勝てるようにしておきたいんだと思うんです。容姿も夫も子育ても仕事も。

林　今の女の人たちって、私ももちろんそうだけど、こんなに頑張っているのに、たとえば「私、結婚しなくてもいいし、別に子どもも欲しくありません」みたいに言い切ることができないじゃない。本気でそう思えて、そこから逃れられたらどんなに自由になれるかと思いませんか。

小島　ああ、そうですね。

林　強がって口ではそういうこと言いながら「本当は欲しいんです」みたいなことを言う人も結構いますよね。私も若いときは本当に結婚したかったし、年取ってからは子どもも欲しかったし、こんなに欲に苦しめられるものなのかと思ったことがありましたよ。でも、世の中には、そういうものに、ほんっとに興味のない人というのが少数だけどいて、そういう人になれたらどんなにいいかなと、若い頃は心から思ってた。そうできたら、欲から逃れて、自由に楽しく生きることもできるのにと思って。

小島　たまにいますね、そういう人。でも私、今子どもがいて楽しいですけど、結婚前は子どもってあまり好きではなかったんですね。なので、自分が子どもを産む未来というのを思い描けなくて、「絶対子ども欲しいの」と思ったこともなかったんです。今、二人産んでそれなりに幸せですけど、もし子どもが生まれなかったらどうなっていたかと考えるとですね、それはそれで三十代でできた仕事も多かっただろうし、「やっぱり産むもんじゃないわね。産んだら私こんなに幸せになれなかったわ」なんて言っていそうな気もするんです。

林　おお、そうなんだ。

小島　負け惜しみ的にではなく、これまでの人生も、結果論として現状を肯定することの繰り返しで来ているのでそうなったんじゃないかなと。

子どもを産む前と産んだ後、自分だけの比較でしかない

林　素晴らしいです。実は私の友達の何人か、みんな編集だとか広告だとか、人も羨むような仕事をして、高給も取っているんです。当然、結婚のチャンスもあったんだけど、彼女たちの多くが「それは要らない。やっぱり仕事よ」と言ってここまで来て、でも六十歳近くなって定年退職するときになると、一様に「私の人生って何だったの？」って言い始めるんです。

小島　そうなんですね。

林　経済的にはみんなゆとりがあるんですよ。それでも「これでよかった」って言う人は私の周り、誰もいない。

小島　会社勤めだとそうなるんでしょうかね。でも、だからと言って、子どもを持っている人が「子どもがいないと寂しいわよ」とか、「子どもこそが幸せ」って言うのも、私、いやだなと思って。だって、子どもがいない状態と子どもがいる状態、誰も両方は経験できないじゃないですか。単に子どもを産む前の自分と、産んだ後の自分の比較でしかないのに、そんなに安直に言うのは違うと思うんですよ。

林　その通りだと思います。私も言わないよ。「そろそろつくったほうが」とか「お子さんそろそろ」ということも、私も散々嫌な思いをしてきたので、絶対言わない。そりゃあ若い二十四、五の人に「どうですかね？」と訊《き》かれたら「つくったほうがいいんじゃない？」と言うかもしれないけど、三十代の終わりの人に「不妊治療してつくったほうがいいですか、どう思いますか？」って訊かれたら「すごくつらい道のりだし、今幸せだったらそこまでしなくてもいいんじゃない」って答えますよね。

小島　本当に、自分の人生は一回しかないのでね。私、未来の自分は恩知らずだなと思うんです。昔「私の将来どうなるのかしら、将来のためにどうしたらいいのかしら」とか、散々心配してやったのに、未来の自分って「昔は青かった」とか「あの頃の私は、痛かった」とまで言ってしまったりして「本当に、お前のために、一体過去の私がどれだけ胸を痛めていたと思うんだ」と。だから、私ある時点から未来への義理立てはやめたんです。どうせあいつ、どんなになったって、「今が一番いいんだ」

とかって言いやがるから（笑）。

林　素晴らしい考えですね。私は今、子どもを連れているお母さんを見ても、もしも自分に子どもができていなかったらすごく羨ましい、妬ましいという気持ちになっただろうなと思うんです。そして、そういう自分がすごく嫌なんですよ。「これがないと幸せになれない」といつも思い込んでいた自分もすごく嫌なんです。「地方出身だから」とそのせいにするのは嫌なんだけど、もしかしたら生まれ持ったパーソナリティなのかな。とにかく腹八分目くらいで「おいしかった、もう充分いただいたから、これでいいや」とは思えなくて、お腹いっぱい食べないと我慢できない。そういう自分がすごく嫌なんです。小島さんなんか、そういう自己嫌悪って感じたことないでしょう。

小島　あります、あります。私も強欲だからアナウンサーを目指したし、そういう強欲さが仕事につながることもあるので。ほかの人が「そこまで欲張らなくても」というところで欲張ったから何とか乗り越えられる局面も、やはりあったと思うんですね。なんですけど、「私の生き方が、あんたの生き方より正解なんだ」みたいなことを私も人に言われたことがあって、すごくげんなりしたので、それは言わないようにしようと。そして、それを言わないようにするためには、やはり、「私にもいろんな正解があったんだろうな」という前提にしたほうがいい気がしたんですね。

今の人生が、唯一絶対最高の選択だったと思わない

林　小島さんに、そんな失礼なこと言う人います？

小島　え、いますよ。「大変だよね、その歳になっても働かなきゃいけないなんて」とか、そういうこと言われます。

林　それは嘘だと思うよ。それは、自分がただのおばさんになっているから、仕事を持っていきいき働いている小島さんが羨ましいだけなんだと思う。専業主婦になった人の一番の妬みは、同い年で第一線でいきいき働いている人。そういう人が一番羨ましいから、それは自分の言葉をすごく捏造《ねつぞう》していると思う。

小島　私は、育児休業のときに少しだけ専業主婦を経験したのですが、向いていなかったので、なりたいとは思っていないですけど、でも、専業主婦になっていようが、今と同じに生きていようが、どのみち、私これでいいって言い張ってそうだなと。そう思うと今が「別に、唯一絶対最高の正解とは限らないな」という気持ちになるし、

それくらいのほうが健全な気がして。

「いっぱいある選択肢の中で、私は唯一絶対最高の正解をみごと引き当てて、選び取った勝ち組よ」と思うと、自分以外の人をみんな「お前なんか外れくじだ」と見下すようになるし。またその人たちが外れくじでいてくれないと、自分が当たりくじでいられないし。それは不健全なので、「今と違っても、それなりにやってたんじゃないの？」と思うようにしています。

林　子どものことを言うのは一番アンフェアだよね。それ、どうしようもないもんね。たとえば「お前はブスだ」ということなら、ダイエットして歯を入れ替えて、整形すればある程度いけるけど。子どもだけは「いないくせに」「いない人にはわからない」「いないから可哀想」っていうの、一番アンフェアで言っちゃいけないことだと思う。

小島　自分の中から人間が出てくるのは、そりゃあびっくりですけど、それで急に自分の徳が高くなるわけでもないですからね。

林　そう。でも「子どもを産んだから、すごく人間的に成長した」とか、よくみなさん自分たちで言い合うじゃない。

小島　そうそう。私、あれ好きじゃないんですけど（笑）。

林　びっくりしちゃうよね。「ビッグダディの妻だった美奈子、六人も産んで偉

い」みたいな話になるじゃないですか。（二〇一六年当時）

小島　産めば自動的に成長するわけではないし、単に時間の経過で若い頃より落ち着いただけとか。

林　そうか、もっとひどい頃があったと（笑）。

小島　そうそう（笑）。産んで成長したと当人が思っているだけで、「サンプル数一だぞ」とか思って。

林　そりゃそうだ。本当にサンプル数一だよ。そのサンプル一しか見てないよね。それって教養がないことを自分で言っているようなもので。ほかのサンプルは見られなくて、自分のサンプル一が絶対だと思う。

小島　ただ、子ども育てていると、ワーッて怒鳴っちゃったり、すごく細かいことまで怒っちゃったりすることがあるんですよね。そうすると、それまでの子どもがいなかった自分の生活では知り得なかった自分の大人げなさとか、野蛮さみたいなものを見ざるを得なくなってしまって。

特に子どもが幼児期には「私ってこんなに大きな声で怒鳴る人間だったのね」とか「こんなことが許せない人間だったのね」みたいなことに直面せざるを得なくなってしまう。そういうことが連続すると、「こんな苦労をしているのは自分だけなんじゃないか」という気持ちになったことは確かに私もありました。

「こんな自分の浅ましさとか野蛮さと向き合いながら、それでも目の前にいる、私を苛立《いらだ》たせることもあるこの人間を愛そうとしているって、私、人としてものすごく難易度の高いことをやってない？」って。

林　ああ、わかります。こんなに口答えして睨《にら》みつけるものを。

小島　本当ですよ（笑）。特に理屈の通じない幼児って、今まで仕事したどんな仕事のできない上司より、どんなアホな後輩よりもたちが悪い。

林　そう、たちが悪い。そりゃあ子どもの頃は多少かわいいよ。「ママぁ〜」とか言って。それもあっという間ですよ。でもね、子どもがいたから思うこともいっぱいあるけどさ、そういうことを言うのって何かあんまりね。

それに「子ども欲しい」って思ってさ、最初は「元気に育ってくれればいいや」と思っていたのに、「このいい学校に入れたい」と思い、いい学校に入れたら「もっと成績よくなってもらわなきゃ」とか「あっちの子のほうが可愛い」とどんどん要求が高くなっていく。次々多くを求めるようになっていって、もう「なんて浅ましいんだろう」と、そんな自分が嫌になっちゃったんですよ。

小島　確かに、その欲望も尽きないかもしれないですよね。

日本でそこそこ知られた学歴は手放そう

林　小島さん、お子さんたちの教育についてはどうですか。オーストラリアに移住されましたけど、日本の学歴競争みたいなところからは、少し距離を置けているんですか。

小島　これは話すと少し長くなるんですけど（笑）。実は私、長男を産んだときに周りを見たら、みんながお受験に躍起になっていたんですね。また、うちの近所に有名な幼児教育の施設があって。

林　ああ、あそこですね。はいはい。

小島　周りも「赤ちゃんが生まれたらあそこに入れなきゃ」なんて言うから「そんなものなのかな」と思って、局アナ時代でしたけれども、一歳になった長男を抱いてその面接を受けたんです。もうこちらは舌先三寸の商売ですから「息子の学びの場を同心円状に広げていければと思っておりましたので、近所にあるこちらとの出会いはこの上ない幸福な巡り合わせで」てなことを言ったら受かってしまって。

林　それは受かるでしょうね。

小島　それで週一時間の一歳児クラスの顔合わせに行ったんですね。それで帰るときに靴を履いてパッと見上げたら、すごく上手な絵がいっぱい貼ってあった。「すごい」と思って見たら、子どもたちが描いた名画の模写なんですね。「ええっ?」と思って。幼児っていうのは、たぶん一生で一番面白い絵が描ける時期ですよね。それなのに、名画の模写をさせるなんて意味がわからない、と思ったんです。私はこんなことのために年間百何十万の授業料を払うのかなと。

林　そうですよね、それくらいのお金だと思います。

小島　じゃあ、これだけお金をかけて世界に羽ばたく人材を育てているというのだから、どれだけ羽ばたいているのか、「こちらの出身で世界で活躍している人ってどんな人がいるんですか」と教室に訊いてみたんです。そうしたら「今後調査していこうと思っています」って言うんですよ。つまり調べてないんですね。

英才教育しますと言いながら結果もフォローせずに、名画の模写をさせる。これは信用できないと思って、そこからお受験とか学歴競争とは違う路線を行こうと離脱したんです。

林　そうなんですか。でも、アナウンサーの人って、みんな、ものすごくそういうことに一生懸命ですよね。

小島　そうですね。タレントさんもそうです。

林　そうでしょう? 私の知る限り、女子アナの人で、そういう類《たぐい》の幼児教育をしていない人って小島さんが初めてですよ。

小島　え、そうですか（笑）。うちはそこで私が挫折して、以来、英才教育はやっていないですね。

林　でも、それこそアナウンサーもタレントさんも、こんなに目の色変えてやってるの？　と驚くぐらい、幼児教育には力を入れていますよね。自分はずっと注目されていたんだから、子どもを公立になんか行かせられないって言って。

小島　うちは、近くにそれほど悪くない公立中学があったので、二人ともそこに入ればいいやと思っていたんですけど、自分から勉強するタイプでもないので高校受験大変かなと思って。だったらそれほど偏差値高くなくてもいいから上まで行ける私立を受験させようかなと、遅まきながら長男を五年生から塾に通わせたんです。

でも、やっぱりお弁当を塾で食べて、夜の十時に真っ暗な中、子どもが帰ってくるのを見ると、疑問を持たざるを得なくて。本人は楽しかったらしいんですけど、私は子どもは夜は寝たほうがいいのではないかと思って忍びなかったんですね。

林　まあ、そうですよね。

小島　オーストラリアに行ったのは、子どもが子ども時代をいろんな人とのびのび過ごせるから。その代わり、日本でそこそこ名の知れた学歴は諦めようと決めたんです。日本でそこそこみんなが納得するような就職先も手放そうと。日本で聞いたこともないようなオセアニアかアジアの大学を出て、みんなが聞いたこともないような、東南アジアとかオーストラリアの企業に就職したり、自分で職人になるのもいいですけど、そういう人生もいいのかなと思ったので、向こうに引っ越したんです。

学歴のブランドのみで採用される時代ではない

林 それは素晴らしいですね。私、ロサンゼルスの日本人会で講演会を開いたことがあるんです。それで日本人会の主だった人たちとご飯も食べたんですけど、そのときに「今、留学生も少なくなったから、子どもをアメリカの大学に行かせようと考えている人多いんですよ」と言ったんですよ、ちょっとリップサービスも交えて。そうしたら彼らは「こんなところに来たってしょうがないじゃないですか」って言うわけ。今向こうで有名なUCLAでも就職先がないんだって。それで彼女たちが、何をしているかっていうと、自分の子どもたちを九月入学で早稲田や慶應に送り込むわけよ。

小島 ほほう。

林 そうすると、名の知れた名門私立にも入れて、しかも英語ができるから、日本の企業からは引く手あまたになるわけ。

小島 なるほどねぇ。安泰なんですね。

林　だから、おかしいなと思って。若いときは、そういう生き方が嫌だと思って海外に出た人たちが、自分たちの子どもは、その現地の大学に入れるのではなくて、日本の大学を選んで、しかも九月入学という一番楽な方法で入れているんですよね。ブランド名だけは確保しようとしていることに、何かちょっとびっくりしちゃったんです。

小島　ブランドって、すごく役に立つこともありますけど、読み解いてくれる人がいないと価値を持たないじゃないですか。だから慶應なら慶應というブランドを理解する人の中に、要するにより狭い世界の中に子どもを送り込むことになりますよね。「僕、下から慶應なんです」と言って優遇してもらえる世界は、すごく狭い世界ですよね。

林　そうだと思いますよ。

小島　頑張ってそこに入れということは、子どもが、そのブランドが通用する狭い世界に永遠に住み続けなくてはならないことになるわけですよね。それよりは、何のブランドもないんだけど「こいつと仕事したら面白いんじゃないか」と思われる人のほうが、生きる場所が広い気がするんですけど。

林　私、昨日、フジテレビのプロデューサーとご飯食べたんですけど、彼が若い人を二人連れてきたんです。そのうちの一人に彼が「お前、大学どこだ？」って言ったら「宇都宮大学です」。「そんなのあんのか？」「ええ、偏差値五十くらいですけど」

って言ってるんです（笑）。

その若い人いわく「僕、東京に出たかったんですけど、うちは貧乏だから国立大学じゃなきゃダメだって言われて。でも東大とか入れるわけないし。そうしたら宇都宮大学があったんです。僕、北海道の出身なので、宇都宮って東京の隣で近いと思ってたから」って言うんですよ（笑）。ちなみにその人の奥さんは、東大卒の女子アナなんですけどね（笑）。でも入るのが難しいテレビ局でも、今や学歴のブランドで選ぶ時代じゃないんだなと思ったんです。

自分の〝持ち物〟を外側に見る女子

小島　東大と一口に言ったっていろいろですしね。東大で教えている物知りのおじさんと対談をしたことがあるんですけど、そりゃあ私は、東大出じゃなく大学受験もしていないし、こんなやくざな業界の人間ですけど、でも人として対するときに、しかも対談という場だったら、せめて読み物になるような会話をするのは人としての礼儀じゃないかと。

そう言いたくなるような意地悪をされたことがあって、そのときは「この人、なんのために勉強したんだろ。何冊本読んだって、こんなことがわからないんだったらどんだけバヵだよ」と思いましたね（笑）。

林　私たちだって一応「東大、すごいですね」と言うくらいの素直さはありますよね。頭から「東大なんて変な人が行くのよ」なんて意地悪な気持ちは持っていない。一応、努力はなさった人たちなんでしょうと思う。

小島　それだけ勉強したならば、東大は確かに使えるブランドではあるけれども、それが世の中のすべてではないとわかってもよさそうなものなのに。その殻《から》が破れないのは「お前の知性の限界はそこなのか」と思っちゃうんですよ。

林　それは本当にそう思う。

小島　まあ男の人は、学歴なら学歴という一つのところで競っているからまだそれでも話は単純ですけど、女性の場合はそうはいかない。また話が元に戻りますが、「学歴では負けてるけど、顔で勝ってる」とか、「学歴と顔では負けてるけど、私には子どもがいる」とか、何か総合点で争うから闘いが終わらないところがあるんですよね。

林　男の人ってさ、どんなへちゃむくれでも、東大出て金持ちだったりすると、女の人が寄ってきても当然と思うじゃない。「僕に魅力があったからでしょ」って素直に喜べるじゃないですか。

ところがこれが女だと、自分に男の人が寄ってきた場合、「私にお金があるからかしら」とか「私が有名人だからかしら」とか、そういうところで悩む。男の人は学歴とかお金が接着剤みたいに自分のパーソナリティにくっついているんだけど、女の人はまだその辺りの歴史が浅いから、うまくくっつかないんですよね。

小島 ああ、それはあるかもしれないですね。だから女性は、仕事とか学歴を自分の外側に見てるんですよ。男の人ってくっついてるから見えてないんですよね。

林 見えてない、見えてない。だから東大出た男の人で「なんで、こんなあんたが自信持ってんの？」と言いたくなる人はいるけど、女の人には自信のない人も多くて、「男の人が寄ってこない」とか「合コンしても引かれる」とか言って悩んだりしてますよね。それって嫌みかなと思うけど、違うんですよ。

小島 東大を出た女の人の中には、屈折している人もいますよね。

林 いるんですよ。

小島 中には、東大女子は怖いと思われるから、武装解除しよう、武装解除しようとして、振り切ってすごくビッチな路線になったりとか。

林 いるいる。この間も高いワインをごちそうになりに行く会で、みんな何かしら持ち寄って集まっているのに、ひどく勘違いした格好をして、手ぶらで来た人がいましたよ。普通、チーズのひと箱くらい持ってくるでしょうって。6Pチーズくらいね。

小島 6Pチーズですね（笑）。私の友達にも、東大法学部出て弁護士やっている女性がいるんです。でも彼女は変に謙遜もしないんですよ。「私ほら勉強得意じゃない?」とか「なんつったって東大法学部ですから」というように、ちょっとメタ目線で自分を笑えるというか。こういう健全なところまでたどり着けるといいんでしょうけどね。

林　そうかもしれない。

人の死の責任を負うのがエリート

小島　だって、東大じゃない人間にしてみたら、東大出たような学力の高い人に、世の中の大事なところをちゃんと押さえておいてもらわないと困るんですよ。だから優秀な人には優秀さをジャンジャン生かしてほしいんです。謙遜しろとか優秀じゃないふりをしろとは、ちっとも思わないですよね。

林　今、世の中の官僚には東大出ている人が多いけど、それは国民が自分たちで選んだわけじゃないでしょう。そこに行くと、政治家は一応自分たちで選んでいるわけだから、既得権益を全部政治家に移して、彼らに官僚の仕事をやってもらうべきだというような流れが一時あったけど、やっぱり政治家に、どうしようもないようなバカがいっぱいいることがみんなわかってきて、それもなくなっちゃいましたね。

小島　そういえば以前、養老孟司先生とお話をしたときに伺ったんですけどね、先生のお母様はお医者様で、養老先生が東大医学部に進まれたときに「孟司、医者というのは百人殺して一人前だからね」とおっしゃったんですって。それくらい厳しい仕事だと。

それで養老先生は「ああ、自分にはその勇気はないな」と思って「だったら初めから死んでいる人のほうに行こう」と解剖学に進まれたと（笑）。そのときに、つまり「エリートというのは、自分の判断ひとつで人が死ぬかもしれないということを引き受けられる、それでも決断することができる人間のことなんだよ」とおっしゃったんです。そして、「自分はそのエリートにはなれないと思ったから、身の丈に合った解剖学のほうに行ったんだ」と。

確かにエリートには、そうしたエリートならではの責任がありますよね。そうしたものを国会議員や官僚には求めないといけないなと思うんです。単に「エリートはけしからん」と言うだけでは、見識や志よりも好感度を売りにする候補者ばかりになって、そういう人に投票することになるじゃないですか。

林　そうそう。だから国会議員もお笑い芸人みたいな人ばっかりになっちゃいますよね。それで政治家としての仕事がなくなると、杉村太蔵みたいに元政治家タレントって感じになっちゃってね。

小島　本当に（笑）。だから、「エリートはエリート然としてあれ」と言わないと、そう人が残らない。結局、親しみやすさとか面白さが売りの人ばかりになってしまいますよね。

〝整形ポリス〟と化すのは悔しさの裏返し？

林　それにしても、政治家なのにセクシーグラビアを撮っちゃう上西小百合さんは何なんだろう。

小島　あれも欲の一つの表れですよね。国会議員という男の世界の権威も欲しいし、でも女としてもきれいだって言われたいし。勝ち組サラリーマンの肩書きとアイドル並みの人気の両方が欲しいと思うアナウンサーと同じで、権威も欲しい。お金も欲しい。人気も欲しい。個人的な魅力も欲しい。特に女性は見た目で評価されるので、男の人よりも競う項目が多くなる。その構造自体を解体する方に注力して欲しいですが。

林　確かに、物欲とか結婚、出産、キャリアに加えて、容姿の美しさへの欲望もありますよね、女は。男の人も「美男子になりたい」とは思うかもしれないけど、女の人の「きれいになりたい」という欲望に比べたら、そんなに強くない気がするな。

小島　男性から好かれる容姿の方が得をするように社会の圧力が働いたからですが、女性もその価値観を内面化してしまっている悲しさがありますよね。女の人は、ちょっときれいになった同性に対しては、芸能人なんかを見ても「これ整形してるよね?」とまめにチェックしていますし。

林　女優さんでも、今はネットですぐ〝手術前〟の写真を上げられたりするから気の毒ですよね。うちの娘も「この人きれいだね」なんて私が言おうものなら、「めちゃめちゃ整形してるよ。ほら、これ昔の顔」なんてネットで出してくれますよ(笑)。

小島　そうなんですね(笑)。でも、女性がそこまで「あ、あの人、ちょっと整形やってるんじゃない?」ってまるで整形ポリスみたいになってしまうのは、別にその女が顔を直したところで自分のシワが増えるわけではないんだけど、その「もっときれいになりたい」という欲望に突き動かされて、しかもその欲望を隠そうとしている、という心理のほうに関心があるからなんじゃないかという気がするんですよね。

林　整形ポリスって秀逸ですね!(笑)　そうそう。そして、自分も心のどこかではやりたいんだけど、やれない自分がちょっと悔しくて、それなのに、あんたはやったのね、という気持ちもすごくあるよね。

小島　だから、あれは結局、顔じゃなくて、それこそ相手の欲望に注目しているんだと思うんですよ。

林　それは私もそう思いますね。

小島　「この人、まだ若作りしたいんだ!　美に執着して老いへの恐怖を隠しているんだな」というね。じゃあ自分にその欲望がないかというと、自分にもそういう気持ちがあることがわかっちゃう。

林　私ももうちょっと若いときだったら受けたかったかも……って言ったら、かつての担当編集者のテツオさんに「林さんが若い頃は技術が発達してなかったから、すごく悲惨なことになっていたよ」って言われたんですよ。

相手に欲がないほど自分の欲望が際立つ

小島　なんと失礼な（笑）。でも女優さんにしても整形疑惑で叩かれてしまう人って、どこか「私、天然なんです」という顔をするから、それをやられてしまうんじゃないですかね。「はい、直しています」「どうでしょうか。うまくいっていると思うんですけど」みたいな感じだと、きっとここまで言わないと思うんです。ある女優さんも一時期「自然体でここまで来ました」ってどのインタビューにも答えていて「そんなにナチュラル、ナチュラル言うってことは、どれだけナチュラルじゃないんだ」と言われていたのを覚えています。

林　私、地方に講演に行ったときに、市の観光ポスターにその女優さんの顔があって、全然違うので、驚いたことがある。

小島　そうなんですね。

林　でもね、今はもうその方もご家庭を持つ年齢になっているけど、可哀想だなと思うときがあるんですよ。地方出身の高卒で必死に闘ってきて。その中で、私が見かけたママ友の誕生会じゃないですけど、そういう人たちとも伍《ご》してやっていかないとならない。世の中には、都会の裕福な家庭に生まれて、何の苦労もなくCAやってお医者さんと結婚して、当たり前にバーキンを持って……という人たちがいるわけです。その人たちとともに、彼女のような人も都会に出た以上、やっていかなくてはいけない。それは、居場所をつくるために必死になると思うんです。

小島　わかる気がします。私も中学から私立の伝統校に入ったときに、何がショックだったかって、「生まれながらにして旧軽井沢に別荘がある」とか「先祖が大久保利通？　何だそれ」とか（笑）、それが当たり前の世界だったことですから。その環境に置かれたときのどうにもならない敗北感というか、まぶしさというか、そういう経験はしました。

林　どなたか、女王様のようなやんごとなき方とはご一緒だったんですか。

小島　女王様はいらっしゃいませんでしたけど、お后候補はいっぱいいましたね、当時。

林　玉の輿のチャンスもあったでしょう？

小島　いいえ。やはりお金持ちはお金持ちと結婚するんですね。みなさんよくわかっていらっしゃる（笑）。私のようなサラリーマンの娘なんかじゃなくて、家柄を大事に結びつくんです。あ、でもひとり旧財閥家の跡取りが普通のサラリーマンの娘と結婚しましたね。

林　いい人じゃない。

小島　確かに、彼はすごく素朴でいい人で、その選択は「さすが」と思いました。でもそうやって文字通り自然体で何もかも持っている人に出会ってしまうと、向こうは何もしていないのに、やたら、こちらがかき乱されるものがありますよね。

林　結局、相手に欲望がなければないほど、自分の欲望が際立って大きく見えてそれを持て余すんですよね。八つ当たり的に、どこかに吐き出さないと持て余してしまう、ということはよくあります。

小島　そうかもしれませんね。

林　とは言え、私、向上心というのは欲望を満たしていくためにも、やっぱり大事だと思うんですよ。でも、あんまり上昇志向が強いとガツガツしてるって批判されるでしょう？　上昇志向と向上心ってどう違うわけ？

小島　どうなんでしょうね。上昇志向と言うと、何かズルして他人をちょっと蹴落として……ということが含まれる感じなんでしょうか。

林　なるほどね。今ネットの世の中だから、私なんてそれまで目をつけられていなかったのが、『野心のすすめ』を書いてから、若い人の目にも触れるようになって。それで「ユニクロ着てコンビニ弁当食べている人生で、あんたらいいのかよ」って言ったら、それに共感してくれる人もいたかもしれないけど、ネットの人って殆《ほとん》どが「うるせえ、ババア、このクソババア」みたいな感じで、ずっと唸《うな》っているわけ。

小島　どっちも選べるのにね。つまり「何だよ」と文句言うこともできるし、「そうか、自分にとってみたらすごくハードル高そうだけど、でもとりあえずできることから何か一個やってみよう」と考えることもできる。どちらでも選べるのに、なんでその「うるせえ、クソババア」のほうを選ぶのか。

悪口にエネルギー使うんだったら、その暇に何かやろうと思わないのか。悪口言うほうを選ぶから永遠に変われないのだと。悪口言っている間に努力しているヤツだっているんだよ、ということでしょう。まあその努力が報われない世の中だから絶望しているという見方もできますけれど。

林　でも、そうやって嫌われたり、妬まれたりする存在にならなきゃ、とも、一方では思うんですよ。

小島　先ほどのエリートの話もそうですけど、「威張ってるな」とか「いい気になってる」と批判していくと、何の優れたところもない大衆迎合型の人しか権力の座につけなくなる。そんな世の中に君は住みたいか、ということですよね。それで君の地位が向上するでもなく、暮らしがよくなるのでもないのだったら、悪口を言うのではなく「すごいね、あの人」とか「憧れる」とか、そちらに同じエネルギーを割いたら、そのほうが面白いのではないかと言いたいですね。

陰謀を疑う人は自ら陰謀を企んでいる

林　悪口と言えば、あと「必ず誰とでも寝て仕事をもらう」って、すごく古典的なことをまだ結構言う人がいて、びっくりしちゃうんですよね。

小島　見たのか、って思いますけどね（笑）。

林　前の章でも言いましたけど、私の周りに一人、いつもキャンキャンそういうことばかり言う人がいるんですよ。でも、負け犬の遠吠えとはこういうことだなって。

小島　男性でもいますよね。「あれって陰謀なんだよ」ってすぐ言う人。そういう人って、たぶん自分が陰謀でうまいことやってやろうと普段から思っているんだと思うんですね。

林　確かにそうですよ。

小島　だって世の中に残っている人って、意外と陰謀とかじゃなくて、本当に努力している人ですよ。それを「あんなところに行けるヤツはきっとみんなと寝たんだ」とか、「賄賂でうまくやったんだ」と決めつけるということは、「あなたがそうやって世渡りしようとしているということでしょう」と思うんですけど、どうですか？

林　私の友人も「体使った」と言われたから「使うような体があるんだからいいじゃない。何が悪いの？　持ってみろ、悔しかったら」って言ったって（笑）。

小島　あはは（笑）。でもそんなこと言うなんてほんと失礼ですね。

林　そういうネガティブな、人を貶《おとし》める方向に欲望が向かうと、よくないですよね。さっきのお受験の話だけど、受かったときに、学校側は保護者に誓約書を書かせるんですよ。それはなぜかと言うと、ママたちがうっかりママ友なんかに、たとえば学習院の初等科「受かりましたのよ」なんて言ったりすると、ママ友が勝手に電話をかけて「小島慶子と申しますけど、息子、入学を辞退致します」と言うからなんだそうです。そういう電話が何本もかかってくるらしいんだよね。

小島　恐ろしい……。

林　「あの家受かっていいな」と思って「なんでうちの子は受からなかったんだろう、悲しいな」と思ってしまう、それは普通の感情だと思うんですよ。

小島　その先があるんですね。

林　そう。その先があるのが怖い。

小島　気持ちがどれだけドロドロだったとしても、行動に移す人と移さない人、その紙一重の違い、大事ですよね。これは何なんだろうと思いますね。

林　もう理由は受験とかじゃないですよね。おそらく、いろいろなことが諦めきれない。ほら、「いつまでも女でいたい」とか「死ぬまでときめきたい」とか、そういうの、よく女性誌にも出てくるけど、それも、どういうことを考えているのかなと思うんですよ。

小島　ああ、そうですね。

読者、視聴者を求める〝一般人〟たち

小島　あと欲望ということで言えば、最近、SNSなどの発達によって改めて自己顕示欲について考えさせられることが多いんですよね。たとえば〝芸能人〟などに対する言葉として〝一般人〟という言い方をよくしますけど、私は、それもよくわからないんです。

顔を出すことが仕事である人とそうでない人、それでお金が発生している人とそうでない人、という違いはあるかもしれませんが、今、皆さん写真をネットに上げたりしているから、普通に暮らしていても、知らない人に自分の顔が見られていたり、親

しいわけでもない人に、自分が〝知っている人物〟として認知されることって、昔より増えていると思うんですよね。

林　それは、すごく増えていますよね。今、自撮りのための機械もいろいろ出ているじゃないですか。食べ物屋さんに行くと、みんなすぐに写真を撮って、フェイスブックやツイッターに載せるでしょう？　誰かが言っていたけれども、みんな、有名人になりたい欲望がものすごいって。

小島　そうですね。あれを見ていると、人ってこんなに潜在的に読者とか、視聴者を求めていたのかということに気づかされるんですよね。私は自分が人よりも自意識過剰で、自己肯定感が低くて、だから人前にふらふらと出ていくような仕事を選んでしまったのだという自覚を持っていたんですけど、SNSを盛んに利用している人たちを見ていると、「ああ、人は皆、潜在的に読者や観客を必要としているものなのだ」ということをまざまざと教えられるんです。

林　私もそういうの、一切嫌いだったのに、四年ぐらい前に「もう本が売れなくて嫌になっちゃうよ」って勝間和代さんに言ったら、彼女に「ブログをやらないとダメですよ。そこで『新刊が出ました。こうでこうで』って宣伝しないと」って言われたんです。

それで「やります、やります。苦手だけどやります」って始めたら、月に大体、三百万からの訪問者があって、今では広告もつくんですけど、本の売り上げには全然貢献してくれていない（笑）。宣伝もしょっちゅうしているんだけど、そこからアマゾンにどのくらい飛んだかを見ても、全然飛んでいないんですよ。

小島　じゃあ、なんのためにやっているのか……（笑）。

林　わからない。でも、「いつも見てます！」とか言われると、止められなくなっちゃって。

小島　三百万人だと、急に止めたら「なんでだ！」って騒ぎになってしまいますよね。

林　でも、私なんて食べ物も撮りたくないし、一緒に写る人にもすごく気を遣うわけです。何かに巻き込まれると困るから。

小島　確かにそうあるべきですよね。でも、最近は逆に、そうして有名人と一緒に撮ってもらった側は、その写真を、友達だけでなく、友達の友達とか遠い人にも拡散して賞賛されたい、みたいな気持ちがあることも事実なんですよね。

林　それはすごくあると思いますね。

小島　だから人は別に、生まれながらに〝目立ちたがり屋〟と〝目立ちたがり屋じゃない人〟に分かれているわけではなくて、誰もがどこか潜在的にお客さんを必要としているんじゃないでしょうか。そのことを自覚させてしまったり、自覚していないけれども露呈させてしまう恐ろしいものが、SNSという道具だったのだなと思うんです。

ただ一方で、私自身は自分のことを、自己顕示欲の強い、人から見られない自分を受け入れられないダメ人間のように思っていたけれども、「それは私だけじゃなかったんだ」とホッとしたところもあります。みんな道具さえ手に入れば、「見て見て〜」「聞いて聞いて〜」とやる。だったら「なーんだ、私と同じじゃない」って。私が特に変人だったわけじゃなかったんだと思えたんですね。

誰もが書き手になりたい時代

林　それは本当にそうです。今、「小説を書きたい」とか「エッセイを書きたい」という人、すごく多いんですよ。「ブログ書いているの。それを紙の本にしてもらいたい。私を見て見て」という、その盛り上がりはすごい。最終的には、箔《はく》をつけるために本の形にしたいんですね。

でも、こうして誰もがブログでいろいろなことを発信できる時代になると、プロのエッセイストなんて要らないのかもしれないなと思うこともありますよね。中には面白いことを書く人もいますから。

小島　みんなが表現者になりたがっているから、本も売れないのかもしれません。読み手の奪い合いですよね。みんなが読み手を欲しがっているから、〝読み手薄〟みたいになっている。

林　そうなんですよ。だから『群像』とか『文學界』みたいな文芸雑誌って、大体二千〜三千部くらいしか売れないんだけど、新人賞の応募はその三倍か四倍の数あるんです。

小島　ああ、そうなんですね。それは面白い。

林　みんな〝読み手〟より〝書き手〟になりたい時代なんです。だから、ピースの又吉さんみたいに最初に書いたものがウワーッと売れて、いきなり芥川賞受賞となるような形は、ある意味、理想形ですよね。

小島　又吉さん、すごいですよねえ。まぶしい（笑）。

林　芸能人って、昔から結構、小説書くんですよ。それは、やはり自己表現と自己顕示欲というのが、ものを書く行為とマッチする部分があるし、やや知的な感じもして興味を持つのかもしれない。そしてみんな、一作目、二作目まではお上手なんです。でも続かないんですよね。二、三年はもつんだけど、十年は続かない。

それはなぜかと言うと、芸能人の外に向かっていく自己顕示欲と、ものを書くときの、内に、内に、溜めて、溜めて収束させていく作業が、まったく正反対のことだからだと思うんです。それが両立できている人って、なかなかいないと思う。すごく売れていない芸能人がものを書いたり、すごく売れていない作家で芸能人になったりした人はいるかもしれないけど、どちらもうまく、長い年数やっています、っていう人、いませんよね。

小島 でも、林さんもそうですけど、作家として大成功されていて、かつメディアに出ることでも支持を得る方っていらっしゃいますよね。

林 いや、そんなことないです。別に支持は得ていませんけど、ただ、まあオファーは多いかもしれませんね。

小島 ですよね。だから順番が、作家が先だったら大丈夫なんですね、きっと。一回、内に潜る道を究めていらっしゃる方が出るのは大丈夫だけど、出るところから始めるのは、おっしゃるように難しいのかもしれない。林さんは違和感ないんですか？ つまり、そうしたベクトルが正反対の仕事を、ほぼ最初からやっていらっしゃる感じですけど。

林 いや、そうじゃないんです。私も、テレビに出ていたときはやっぱり書けませんでした。テレビに出るとすごく興奮して、夜クールダウンできないんですよ。

小島 ああ、書くほうの世界に入れない。

林 入れない。あの頃は、テレビ局からランランなんて帰ってくると、うちの前で編集者が「許せん！」みたいな顔で、外でブルブル震えて待っていて、「ごめんなさい」って感じだった（笑）。

呆《あき》れるくらい幼い自己顕示欲が沸騰して

小島　たとえば「今、ブログを書いているので、本を出したいんです！」というような人は、人前で承認されることと、内省的な作業の両方で報われたいという欲張りなところがあるんでしょうかね。

林　そうかもしれませんね。いずれにしても、真剣に書きたい人は「小説を書きたいんです」「エッセイを書きたいんです」って宣言する前に、書かざるを得なくても書いています。

小島　それはそうですね。

林　誰しも「認められたい」という願望はあると思うんですよ。ところが今は、それが「これで認められたい」という一途な夢ではなくて、単に「世間を騒がせたい」「びっくりさせたい」に変わってきている。一時、バイト先で裸になった写真をSNSに投稿したり、店員に土下座させた画像を上げて喜んだり、というのがありましたけど、もう本当に、呆れるくらい幼い自己顕示欲が沸騰していますよね、世の中に。

小島　でも、テレビに出るということは、それと同類のことだと思われていると思うんですね。つまり、相手の目を引くことで、人よりも優位に立とうとするのがテレビ。

なぜかそこに出ているのは、短絡的で浅知恵のヤツだと思われる。一方、目は使うけれども、脳ミソに働きかける小説や、耳を通して脳ミソに働きかける音楽は高尚だと捉えられている。自分自身もそう思ってしまうのは、それだけ目というものがすごく貪欲で、そこに自分の欲望が集中していることに自覚的だからじゃないかと思うんですね。

林　うーん、なるほど。

小島　つまり、これが小説だったら、自分で選んで読もうとするわけですよね。だけれども、そこにタレントがいるから見てしまった、という場合には、見るという衝動的で反射的で抑制し難い欲望に、自分が持っていかれたということが、いいようにされたような、負けたような気持ちになる。

テレビはそちら側で、「見てやろう」という気持ちもあるけれども、「あ、結局、見ちゃった。持っていかれちゃった」ということのほうが大きい。自分が見ずにいられないものは貶めておこう、という心理って、たぶんかつて芸能の人々が差別されていた頃からずっとある気がするんです。

村上春樹をわかる自分でいたい

林　また随分古いところまで遡《さかのぼ》って（笑）。私が思うのに、今、若い子たちというのは、お笑い芸人さんたちにすごく憧れているじゃないですか。

小島　すごい人気ですよね。

林　そうでしょう？　それはやはり、〝どれだけの数を奪うか〟ということが大きいからなのではないかと思うんですね。それにお笑い芸人さんって、実はすごく頭とセンスを使うものだということを、みんなわかっているから、ああいうふうに憧れが強いんじゃないかとも思うんです。〝脳ミソを奪うものは尊敬される〟とおっしゃったけれども、小説やエッセイについては基本的に日本語だから、誰だって書けるんですよ。その意味では、むしろ、これこそが非常に貶められているところがあると思うんです。

小島　えーっ、そうでしょうか。

林　それは、あります、あります。「誰でも書けるじゃない」という意識が、根本的には皆さんの中にあるんです。音楽、特にクラシックの音楽は基礎を積まないとダメだから、そちらは無条件に尊敬されるんですけど、作家というのはそうでもない。昔は小説を書いた人が作家でしたけど、今は、株式評論作家とか離婚評論作家とか、本を二冊ぐらい出すと、もう〝作家〟と名乗る。だから私たちは「ああ、そうか。日本語は誰でも書けるんだから、誰でもできることに参加しているんだな」と思っていますよ。

小島　人には「自分は頭がいいから、この本を買っちゃうんだなあ」と言いたい気持ちってあると思うんですよ。たとえば美しい女優さんを見たときに「私が頭がいいから彼女が美人だってわかっちゃうんだよなあ」とは思わないじゃないですか。「自分は賢いので、これが読めてしまった」とか「自分は感受性が豊かなので、これに共感してしまった」みたいに言えるのは、やはり文学なんだと思うんですよね。

林　昔はそう思って、そう言いたいがために本を買ってくれる人もいましたけど、でも、今はそんな人いないもん（笑）。私たちが若い頃って「これ読むなんて、すごいかも」とクラスで思われたいから読む、ということもあったけれども、今の高校生にとって、本を読む人って「くらーい」とか「変わってる」だけ。本当に彼らは読まないよー。

小島　そうなんですか⁉　でも大人にはまだそういうところ、ありますよね。果たして、みんながみんな読んでいるのかどうか疑わしいですが、「村上春樹さんをわかる自分でいたい」みたいなのが（笑）。私は正直、よくわからないときがありますけれども。

林　私もすべてわかっているわけではないんでしょうけど、でもわかっているフリしないとね。一応プロだから（笑）。いや、でも面白いですよ。最近すごくわかりやすくなっているし。そうそう、だからああいう作家になりたいと思います。すごくいい位置ですね（笑）。
だって、私なんて「好きな本は何ですか」って訊かれると、いつも『風と共に去りぬ』と答えるんだけど、そうするとすごくバカにされるわけ。それでほかの作家さんは、どんなものを挙げているのか見てみると、聞いたことのない横文字のナンタラカンタラ難しいタイトルを出しているんですよ。
小島　うわ、こんな難解なものを読むなんてさすが！　というものを（笑）。
林　そう。私なんか「好きな映画」を訊かれても『風と共に去りぬ』って言うから、もう超バカにされますよ。

飢え、渇きを癒そうとする本能的な野心は美しい

小島　特別なセンスの持ち主だと思われたい欲望ってありますよね。「銭湯とか行って、こうやって髪を洗って、下を髪が流れていくじゃないですか。さっきまで私の一部だった美しい髪が、下に落ちてしまうとゴミになるんですよね……そういうの、不

思議だなって……」とか。「髪を洗いました。抜け毛が流れていくのを見ました」を、こんな語りにしてしまうってすごいなと。

林　わかります、わかります。

小島　なんでもないことを特別に表現するのが文学だ、という考え方があることもよくわかるんです。でも、私が好きなのは、読んだときに「あ、これは私の物語だ」「これは私の体験したことだ」、あるいは「あ、私ここに今、生きてる」というふうに読めるものなんです。その気持ちにどこまで寄り添ってくれるのだろうと。

林　そうか。それは確かに大切なことかもしれないですね。

小島　林さんのご本を読むと、そういうふうに思えるんですよね。つまり「林さんは私のことを知っている。わかってくれている」「私が考えていることを実況してくれている」くらいの気持ちで読めるんです。

林　ありがとうございます。そう言っていただけると本当に嬉しいですけれども、おそらくそれは、文体だと思うんですよ。単なる文体の特徴なのではないかなと。

小島　「難しいものを読みたい」という読み手と、「難しいものだと思って読まれたい」という書き手の需要と供給が一致することもあると思うんです。でも、もっと人がどん底まで落ち込んだとき、たとえば中学二年の私が、本に連れ出してもらったときの読み方というのは、私も私を忘れ、書いている人も自身を忘れているところで出会った体験だったなと思うんです。そういうのは今も求められている気はするんですけれども。

林　そうですね。確かに〝私の物語〟と思ってもらうことは、作家として一番美しいこと、嬉しいことですよね。「私のことだと思った」とか「なんで私のことがこんなにわかるんだろう？」というファンレターが一番うれしいです。ただ、今、こういう作家と読者をつなげるものの線がだんだん細くなっていて、本当に大変な時代だと思うんですよ。まあ、そんなことも言っていられないんですけどね。

世の中ってね、美しいもので満ちているじゃないですか。これは何も知らなければ知らないでいられます。でも、たとえば本を読んだら、村上春樹の作品の中に出てくる音楽があれば、その音楽を聴いてみたくなるし、オペラの話があれば、オペラを観てみたくなる。若沖《じやくちゆう》の本を読めば、若沖をもっと知りたいなぁと画集を買ったり、食べ物でも何でもいいんですけど、もっと追い求めたくなりますよね。

そして、世の中はなんていろいろなもので満ちていて、自分は何も知らないのだろうと気づかされる。それを教えてくれるのが本ですよね。もっとそういうことを世の中の人に知ってもらいたいと思うんですよ。そういう野心とか欲望、それに近づくためのお金を得ることは、何も悪いことではないと思うんです。

小島　欲望って、すごく自己中心的で、自己愛の塊みたいに言われることがありますけど、必ずしもそうではないんですよね。美しいものに近づきたいとか、飢えや渇きを癒したいという欲望。それが満たされる瞬間は、人からどのように見られるかとか、どう評価されるかなんて、忘れてしまいますよね。

林　あります。

小島　見せ物としての欲望を持つのか、それとも渇きを癒すための欲望を持つのか、その違いなのかもしれないですね。そして、飢えや渇きを癒すほうは、「誰か私を見て」という、幼稚な自己顕示欲ではなく、もっと本能的にまるで水を求める獣のように「飲まないと死ぬから飲む」と言って、必死に摑みに行くものなんでしょうね。それ自体は、もしかしたら浅ましいことなのかもしれませんが、美しくもあると思うんです。

林　だから、小島さんの小説の主人公たちは、私などの歳から見ると、すごく愛おしいし、可愛いんですよね。たぶん、もう少し経つと、もうちょっと楽になって、諦めも出てくる。どうですか、二作目の構想ってもうあるんですか？

小島　いえ、私はそれこそ、もう「これっきり」と思って書いたところもあるので(笑)。たとえ二作目を書きたくなっても、それは女子アナの話じゃない気がします。まあ、そのときの自分の欲望に任せてみようかなと思います。

Ⅲ 色欲

「女盛りは六十」は真実か、マヤカシか?

小島　七つの大罪も、ついに「色欲」にさしかかりました。色欲、色欲……色欲ねぇ……(笑)。

林　私たちには、ほど遠いテーマで。

小島　でも林さん、小説ではそういう題材も大分書いていらっしゃいますよね。「ああいうお話を書くんだったら、やっぱり経験があるんでしょう」なんて、何回も言われたことがおありなんじゃないですか。

林　言われますよ。

小島　そうですよね。「実体験、豊富なんでしょう」って。

林　そんなこと、誰も思っていませんよ。たぶん「このおばさん、一生懸命妄想で生きてるんだな」と思ってる。

小島　そんなことないです(笑)。

林　小池真理子さんも「そういう描写のとき、夫の藤田宜永《よしなが》とそんなこと考えながらしてたのかとか言われて、頭に来ちゃう」とおっしゃっていましたが、作家の書くことが全部実体験とは限らないんですよ。今、草食系が増えて困ったなんて言われているけれども、一方で恩恵を蒙《こうむ》っている人は蒙っていますよね。

小島　モテる人ってことですか。

林　そう、モテる人。モテ格差がひどいんですよ。モテる人とモテない人の格差がすごいと思う。男女限らずね。

小島　結婚も早い人は妙に早いですよね。「君はモテるよね」といった感じの男の人を、女の人たちがとにかく早いうちに強引な形で結婚まで持ち込んでいるんですよ（笑）。

林　そうなの？

小島　はい。「嫉妬」の章でもちょっと話しましたけど、某出版社に見た目のいい編集者がいたんですよ。高学歴で人柄もよくて、いかにも「君はモテるだろうね」っていう。しかも、いつも女に不自由しなかったせいか、モテることに無自覚なんですね。で、二十六歳くらいで社内結婚したんですよ。「早くないか？」って言ったら「彼女に、二十六歳になるまでに結婚しないなら別れる！　別のうんと年上の男性のところへ行くって脅されました」って言うんですよ。「寄り切られました」って。

ほかにもテレビ局でも、そういう若くて優秀な男の人が寄り切られたりしている。

今は厳しい時代ですから、所得の高い、いい男を見つけたら早めに自分のものにしようと女性が大分必死なんですね。次にいつ現れるかわからないからなのかもしれませんけど。

林　そうかあ。

小島　そんなんで四十くらいになって急にはじけちゃったら、どうするんだろうって思いますけどね。

林　私はいつも、年上のある作家さんを思い出すんですよね。今は二十いくつ年下の男と暮らしているけど。

小島　そうなんですか！

林　その人が言うのよね。「一日も男の人なしでは生きていけない」って。

小島　恋愛をしていたいっていうことですか。

林　でもセックスだけのことじゃないんだって。「男の人なしで生きていけない」っていうのは、セックスのことだけじゃなくて、もっと、なんか業《ごう》が深いって言うか……。

小島　業が深い、ですか……。

林　いや、私自身はね、最近よくみんなが言う「いつまでも女」ということについては、すごく抵抗があるんですよ。そういうのって、たとえばまあ女優さんなら言ってもいいかもしれないけど、そうじゃない人たちがいつまでも、そんな「女」でいられるわけじゃない、おばあさんになってるんだからさ、って思っちゃいますよね。

小島　そう言われると、女性っていくつになっても喜ぶんだなって思ったのが、瀬戸内寂聴《じゃくちょう》さんの講演会です。もう十年くらい前かな、私がまだ局アナだったときに司会をしたんです。

お客様は六十代、七十代、八十代の方たちが多かったんですけど、寂聴さんが「女盛りは六十からなんです」っておっしゃったときに、なんか会場の照明が一段階上がったみたいに「ハッ、そうよね！」ってこう「認められた！」みたいなものすごい盛り上がりを見せたんですよ。そのときに「あ、そうか。こんなにも女性は、いくつになっても『女盛り』と言われると喜ぶのか」と発見した思いでした。

林　でも、六十過ぎた女の人に来るっていうのは、まあ異常性欲者かお金目当てかって私なんかは思っちゃうんだけど……（笑）。

小島　お金目当てっていうのもすごく切ないですけど（笑）。でも、今の六十代は若くないですか？

林　そうね。その私の友達の作家さんには、実際、二十歳も年下の男の人が来たわけだしね。

小島　今、六十代は中年なので。

林　でも、それも限られた人だけなんじゃないの？
小島　そうですかね。
林　まあ女優さんだと、この前も桃井かおりさんがご結婚されたけど。
小島　ああ、そうですね。
林　何年か前には夏木マリさんもご結婚なさいましたよね。でもねぇ……一般的にはどうなんだろうなぁ。

女を意識する体形意識しない体形

小島　大体、体見られるの、嫌じゃないですか。
林　嫌だ！　私もそう思う。そういう美意識があったら言えないよ、そんな「女盛り」だなんて。私、「美魔女」とか、すごく苦手なんです。
小島　ああ、美魔女。性的な魅力と女の価値が、強くくっついているんでしょうね。
私は神が私に薄い胸しか与えなかったことがずっとコンプレックスなので、一度夫に「私に大きな乳があったらどんなに人生が変わっていただろう」と言ったことがあるんです。
そうしたら夫に「君に大きな乳がついていたら、たぶん最悪の女になっていただろう。だから神は君に乳を与えなかったんだ」と返されました（笑）。

林　へぇー、面白い（笑）。

小島　つまり、たとえば私がもっと自分が性的な存在であると意識する機会が多かったら、それにすがってしまう美魔女マインドになっていたかもしれないと思ったんです。でも、私はおっぱいが小さ過ぎるし、背は高かったしで、最初から一般的に言われているような性的な存在であり得なかったので、性的な魅力＝女の価値、みたいなところが最初から切れているんですね。だから美魔女にはなれないんですが。

林　私の知っている美魔女は、子どもが何人もいるらしいんだけど、ショートパンツにカラーコンタクト入れているわけ。それはどうなんだろうなあと思ってしまうんですよね。

小島　「きれいですね」って言わざるを得なくなる圧力ってありますね。

林　そうなんですよ。「すごくきれい。歳には見えない。お子さんいるようには見えない」って言わなきゃいけないんだけど。

小島　言わなきゃいけない（笑）。

林　でも本当は、こんなことして何してるの？　あなたきれいなんだから、普通の格好したほうがずっときれいですよ、って私は思うんだけど。

小島　そうさせるものは何なんでしょうね。ただ思うんですけど、私は初潮も十四歳と遅くて女としてのデビューが遅かったので、他の子の女の船出を何度も見送って、最終便の三等船室にようやく乗り込んだ、みたいな感覚がずっとあるんです。だから男の欲望の対象としての自分を意識することによって自尊心を育むようなことがないままこの歳になってしまったんですよ。

林　小島さんが、そんなことはないでしょうが。

小島　いや、本当に。これは女子アナ的謙遜ではなくて、本当になかったんです。一方、姉は細いのにおっぱいは大きくて、お尻プリッとなってて、すごく肉感的な体つきだったんですね。母もそうなんです。少女期から発達がいい人たちは、自分が異性の賞賛や関心の的《まと》になっていることを早くから意識していたんじゃないかと思う。それは何かのパワーなんだなと想像してるんですが。

林　それは、価値がわかっていたら強いでしょうね。

小島　強いんですよ。その自意識を少女期から育んだ人と、最初からそういう意味では負け組感を味わってきた人間では、やはり前者が強い。それが男性の欲望の内面化であることにはなかなか気づけないとしても。

自分を支えてきたものをどこで捨てるのか

小島　おお！（笑）。

林　わかります、それ。だけど、その人たちがその気持ちを、いつか、五十五とか六十で切らなきゃいけないのに、切れないまま来ちゃっている人が多い。それはすごく可哀想よ。私、年上の作家の人から「あの人、私に気があって困る」って相談されて「はっ？」と困ったことがあるんです。

林　「かつてのお若い頃はおモテになったかもしれませんよ。だけど、今はちょっと失礼だけど、おいくつでいらっしゃるでしょうかね？」って私は言いたいんですけど、あちらは本気でそう思っていらっしゃるので、なかなかそうもいかなくて。いつかはその自意識を捨てなきゃいけないのに、捨てられないんですね。だから私は「その人は、あなたの原作権が欲しくて近づいているだけですよ」と思うんだけど、もちろんご本人はそんなふうには思わないんですね。

小島　自分を支えてきたものをどこで捨てるか、なんでしょうけれども。

林　それは女の人にとってすごく大きなテーマですよね。

小島　大きいですね。欲と直結していますから。

林　だから自分がもう、そういう関心を持たれないということを知らなきゃいけないのに、ちょっとお化粧すればきれいだから「いや、奥さんきれいだね、歳には見えないよ」と言われて喜ぶ。歳に見えないってことは、「あんた歳だ」って言われていることなのよって。

小島　それに気づけと（笑）。

林　私なんて最初から、そういう執着はないからすごく気が楽ですよ。お世辞も「ありがとうございます」と受け取って。そんな気持ち絶対持たれないと思うから、男の人とも、夜中に一緒にいて何してもすごく楽しいし。変に勘違いすることもなく、男の友達もいっぱいいるし、すごく楽しい人生。

まあ寂しいと言えば寂しいのかもしれないけど、若いときにそれなりに何人かいたらいいじゃないのと。すべての人に欲情を持たれたらどんなに大変か（笑）。

小島　会社員だったころ、番組のスタッフと社員寮に行こうということになって、みんなでお風呂に入ったとき、普段地味な格好をしている女性プロデューサーがずっとおっぱいを湯船から出していたんです。大変美しい、形のいいおっぱいで。ここに彼女の自尊心が宿っていたのかと圧倒されて（笑）。

林　私もさ、男の人たちと一緒に乳頭温泉の混浴に入ったとき、しっかりバスタオルを巻いていたのに、博報堂の女が、意味もないのに上半身伸ばしてお酒を取ろうとしたりするわけ。そうしたら友達が「見せたいんだから、見てやんなきゃいけないと思って見たよ」って言ってたんだけど、意図がわかるんですよ。

小島　何だか根深いものがありますよね。

林　でもね、私、高校時代から見ていて、そういう魅力だけで男の人を引き付けられるものでもないと思うんですよね。男の人が好きなタイプってあるんですよ。見た目美人でもないし、魅力が女にはよくわからないの。だから、「なんでお前がモテるんだ」ってその子たちはすごく苛《いじ》められるんだけど（笑）、ちょっとまぶし気に人を見たりとか、体の線がちょっとゆるかったりとかするタイプなんだよね。

小島　まぶし気にね。うーん、もっと早く知っていればよかった。ガンガン見ちゃってた（笑）。そう言えば、以前、男性の同僚たちが「この間、男だけで集まったときに、部内のどの女とやりたいかって話になった」って言ったことがあって。

林　あらお下品（笑）。

小島　本当に。下品も下品なんですけど、それがダントツ人気は若い子でもなく、おとなしめの、少し田舎っぽさの残る、中年美人だったんですね。それは意外でしたね。

林　そういう男の人たちって、隠しているものをはがしたいんじゃないのかな。知性とか美貌とか。そういうものを脱がさないとわからないエロスというのが、一番エロいと思うので。

小島　おお、なるほど。確かにその温泉乳出しプロデューサーもモテるらしいんですよね。

林　私たちには、なかなかできないことだけど（笑）。まあ、そんなことなので、私の唯一許されるところは、自分で「みっともないな」とか「恥ずかしい」とか、そういうことを思う心がまだあるところですよ。その分だけまだいいかなと思って。

小島　最後の恥じらいが。

林　そうそう。恥じらいが最後の綱だよ。

小島　そうですよね、これが切れたら……もう。

林　終わりですよ！

相手の体形には女より男のほうが寛容

小島　私、いつも温泉や健康ランドに行くと思うんですけどね。

林　行くんですか。

小島　以前、子どもがちっちゃいときなんかは行ってました。そうするとね、いろんな体形の人がいるじゃないですか。おっぱいベローンみたいなおばあちゃんもいるし、ボヨンボヨンっていう人もいるし、私みたいにまな板みたいな「どっちが前ですか」みたいな人もいるし。なんか、こんなにいろんな体形の女の人が来てて、でも、ここはたぶんカップルで来てる人もいるから、今夜セックスする人もいるとかって思うと……。

林　いや、それは深い、深いですよ。

小島　そうすると、女より男のほうが寛容だなぁ……って思うんですよ。

林　暗くしちゃえばいいか。

小島　そうかもしれないですけど（笑）、女から見て「いやいや、これはなかなか厳しいでしょう」って思う体形の人でも、男性は愛せるってことですものね。

林　だから私、温泉行かないの。「ちょっと無理でしょう、これは」って思われたら嫌だから（笑）。

小島　いやいや（笑）。でもつい男になりきった視線で、見てしまうんですよね。妄想なんですけど。

林　私は、時々それでも温泉に行くことがあったりすると、まあ気づく人も少ないとは思うけど、すぐに髪の毛を洗っちゃうの。洗って髪がベタッとすると誰だかわからなくなるでしょ。

小島　それは名案ですね。林さんはそんな目で他の女性を見ちゃったりしません？「あ、これはなかなかグッとくる体だ」とか、「この人は地味そうだけど、なんか自尊心は乳に宿っているに違いない」とか（笑）。

林　そんなに見ないよ。

小島　すみません、私の悪いクセですね（笑）。刷り込まれているんですよね。そういう視点を。

林　私、編集者の人たちと一緒にね、毎年、桃の花がきれいな山梨へ「桃見の会」に行ってたの。そうしたら、そのうちみんなが「桃を食べてみたい」って言いだしたから夏にしたの。でも、桃ってご存じのように、産毛がついて汚れたりするから、その後お風呂に入らなきゃダメなのね。なので石和《いさわ》温泉予約するようになったんだけど、「大浴場に入れる人は入る。だけど、嫌だって言う人もいるから、そういう人には二人ずつの家族風呂、ちゃんと用意して」って言って、私はその家族風呂に一人で入る（笑）。

小島　まあ、そっちのほうが安心しますよね。

林　だって編集者と入って「なんとかちゃんは遊んでそうだ」なんて思ったりしたくないじゃない。

小島　やはり林さんも、見てしまうんですね（笑）。

林　だから、そんなふうに思ったら失礼だなと思って、絶対大浴場には行かないの。

小島　ともあれ、男の人の欲情の許容範囲というのはですね、たぶん女の人が想定しているより、大分幅広くて寛容なのかなと思うわけです。

男はすべからく隠れ熟女好きなのか？

林　なるほどね。よく男の人が言うのは「なんで女の人って、自分のこと、デブっ
て言うんだろう」って。

小島　ああ、言いますよね。

林　すごくいい体形だなと思っているのに、「私はデブだから、いやいや」とかっ
て言う。

小島　男女でズレていますよね。

林　「あれ、すごくいいな。おいしそうだな」って思っても、そういうこと言う。
女ってなんであんなに痩せたがるんだろうって言うわけ。

小島　きっとなんか違うんですよね。女の人の思ってるのと。先ほどの、仕事仲間の
男の人たちが「どの女とやりたいか」というひどい話にしてもですね、彼らは「誰だ
ったと思う？」って、聞くんですよ。私にあてさせるのかと。

林　今なら間違いなくセクハラで訴えられるね。

小島　本当ですよ。で、私も「ナントカさんですか」「ナントカさんですか」って答
えていたら、そのことごとくが違うとなったんです。結局聞いてみたら、彼らのイチ

オシは、ちょっとずぼらで、ストッキングの中で産毛が渦巻いちゃっているような、時々フケが落ちちゃっているような、地味めの中年美女だったというわけで。

林　それさ、みんな本命が「小島慶子だよ」って言えないんじゃないの？　言いたかったんだけど、それを言うと差し障りがあるからって。

小島　言われたかないですけどね。「年齢を問わず、みんなその女がいいと言っていて、彼女がいかにエロいかということで一晩飲んだ」ってもう最低ですよね。最低です。そんな人たち、潰《つぶ》してしまえという感じなんですが、でもそれを聞いて衝撃を受けました。

私は常々「なぜ人前に出る仕事なのに、彼女はスネ毛を剃《そ》らない？」とか「なぜフケを気にしない？」とかずっと気になっていたんですが、実は「彼女はわかっていたのかも」って。つまり私の中に住んでいる男は偽の男なんですが、彼女の中に住んでいる男は本当の男なんですよね。だから、「スネ毛は伸ばしておけ」くらいのことを、きっと言ったんじゃないかな、と思いまして。

林　脚に毛があってもいいのかな。

小島　うーん、つまり彼女は本当の男の欲情ポイントを内面化している人だったんじゃないかと。だから、見た目は彼女のほうが私よりもはるかに保守的な女性っぽい感じですけど、そういう意味の欲情視点で言うと、彼女の中には本物の男が住んでいるんだわ、恐るべし、と思ったのでした。

林 なるほど、そういうことか。

小島 だから男の人は、別に美人が好きでもないし、くびれが、言うほど好きでもない。

林 それはあるかもしれないね。ほら『FRIDAY』のグラビアとか見るとさ、「こんな体してて、一体どうするんだよ」って思うくらい、みんないい体してるじゃないですか。

小島 そうですよね。

林 これだったら、男の人、いくらでも寄ってくるだろうなと。

小島 でも、それ偽装なんじゃないかと思うんですよ。つまり男が「このくびれ、いいよね」とか、「このおっぱい最高」とか、「やっぱり若い子だよね」って言っているのは、あれ偽装なんじゃないかと。やつら結構、根がマザコンだし、崩れているほうが好きなんですよ、きっと。

林 なるほど。

小島 そうなのに、でも「変態だ」って言われるのが嫌だから、「いや、オレは美人が好き」とか「若い子が好き」って言ってるんじゃないかなと思うんです。

林 そうか、マザコンかぁ。

小島 偽装を脱いで、その「あのスネ毛の彼女がいいよね」って盛り上がったときに

「お前も？　お前も？　実はオレも」って、みんなでカミングアウトするっていう(笑)。

林　だって、ロリコンの人だって同じくらい多いですよ。

小島　うーん、ロリコンか。あれは何なんでしょうね、あれは。

林　私、マザコンはいいけど、ロリコンは許せないな。ちっちゃい子なんかを「いいなぁ」とか、「高校生いいなぁ」とかって言うのは、許せない。

小島　そうですね。マザコンのカモフラージュっていう人もいるのでは。マザコンであることをばらすまいとすると、最もマザーから遠いところに行って、子どもに行き着く。だけど、やっぱりマザーの要素はほしいから、顔は子どもだけど、おっぱいはでかいほうがいいみたいになるんじゃないですか。

林　そうなのか……。

小島　わかんないですよ、わかんないですけどね(笑)。四十代の男性たちが、二十代の女性を選んだりしますよね、結婚相手に。あれはトロフィーワイフみたいなところがあるんですかね。

林　トロフィーワイフね。そうそう、年の差婚というほどの年の差ではないんだけど、私、この間、すごい縁談まとめちゃった。

小島　縁談ですか？　どんなカップルなんですか。

林　男性は五十三歳でバツイチ。もう子どもは大きくなっているから、再婚相手を探していたんです。ところが、この彼、『ドラえもん』のジャイアンそっくりの見た目なのに、若い子が大好きなんだよね。それで「二十代がいい」なんて言うから、私がふざけるなと。それでも「三十いくつの子を紹介するから」って言ったら、「やめてくださいよ、三十代なんて」と厚かましいことを言ってたんですよ。ただ、彼はすごいお金持ちで、海外投資もしていて、外資系のホテルのオーナーなの。

小島　まあ好条件（笑）。

林　顔がジャイアンだけどね。

小島　（笑）。

林　結婚相談所にも行ったらしいのよ。本当は年収も数億円あるんだけど、控えめに「三千万」って書いて、その上「二十五歳以下希望」って付け加えたら「あなた、こういう出鱈目《でたらめ》やめてください」って言われたらしい（笑）。その人に、あるブランドの私の担当の人を紹介したの。そうしたら、二人ですぐ南仏に行っちゃって、今度入籍してニューヨークに行くんだって。

小島　へぇ、よかったですねぇ！　その女性はいくつなんですか。

林　それがすごく若く見えるけど、四十歳なのよ。

小島　ああ、でも実際、五十歳過ぎだったら、四十歳くらいじゃないと話も合わないと思うんですよね。よかったじゃないですか。

林　そうなんだよね。

小島　よほどのことがない限り、二十代と話を合わせるのは難しいですよ。つき合っていたって言ったって、毎週デートするくらいですよ。

林　そうそう、私が結婚前につき合っていた官僚がいるんですよ。デートしたってお酒を一滴も飲まない人だったから「まったく盛り上がりもしないじゃない」って、まあ、そんな下品なことは心の中で思っていただけなんだけどね。そうしたら、その人、四十八歳のときに、バイトに来ていた女子大生と結婚したのよ。

小島　ええっ、そうなんですか。

林　だから私が「体は合うけど、話合わないでしょ」って言ったら、やっぱり話は合わないんだって。

小島　ああ、やっぱりね。

林　今、別居してるよ。

小島　やっぱりそうですよね。話と体と両方合わなかったら、どうするんだろう。

林　どうなんだろうね、私もわからない。

小島　脳ミソは残りますけど、おっぱいは残りませんからね。脳ミソは流れないですけど、おっぱいは流れてどこかへ行ってしまいますから（笑）。

林　そう。そのとおり。

ババアビキニが普通になれば日本はもっと自由になれる

小島　私オーストラリアに住んでみて、思ったことがあるんです。まあ、先ほどの大浴場の話とは少し矛盾するかもしれませんが、日本の女性は、もっと自信を持っていいのかなとも思ったんです。だって、オーストラリアって、いくつになっても、おっぱい流れてしまっても、みんな堂々としてるんですよ。もうババアビキニ天国ですからね。それを見てると「いいじゃないか！」と思うんですよ。もう私ね、日本もババアビキニ天国にしたいんです。そうすれば、みんなが体形なんて気にならなくなる。

林　なるほど、日本でもね。

小島　私、三十八歳のときに、嫌がらせにそういう写真集出してみたんです。『週刊プレイボーイ』の人が、「僕らは二十代のプリップリの女の子をずっとグラビアで世の中に出し続けてきたけど、あえてその対極にある人で写真を撮ってみたい」って変わったことを言ったもので。

林　そんなことないよ。小島さんはきれいだもん。スタイルもいいし。

小島　当時三十八歳、子持ち、ガリガリですから、週プレ的には地の果ての女ですよ。

でもそんな企画、ちょっと面白いなと思って。沢渡朔《はじめ》さんに撮ってもらえるなんて一生に一回しかないし、失うものもないし、夫に相談したら「面白そうだ」と言うので、「中年ビキニで何が悪い。好きなものを着て泳がせろ。ババアとかイタイとかうるさいわ！」ってね、逆ギレみたいな写真集を日本で出したんですけど、オーストラリアでは、そんなの成立しないくらいにババアビキニ天国なんです。

ビーチに行くと、いろんな体形のいろんな年齢の人が、ボヨンボヨンってビキニ着て、波打ち際でトドが打ち上がっているみたいに横になってたりするのを見るとですね、歳をとるのも怖くなくなるし、ガリガリビキニの私でも、人目を気にせず好きな水着で、いいなあと思うんですよね。なんか、女の人がヒトサマの鑑賞に堪え得る自分かどうかで我が身をはかる価値観から自由になれて。

林　ああ、なるほどね。それはいいですよね。

小島　だから、江の島や九十九里でババアビキニが、日常の風景になったら、たぶん日本はもっと自由になると思う（笑）。

林　それは素晴らしい。ババアビキニ！　いいことじゃないですか。

小島　だって、今は三十五歳でビキニ着て「イタイ」って言われるんですよ。「別にお前を喜ばせるために着てるんじゃねえよ」って思いますよね。女の人同士でも「痛々しいからやめなよ」とかつい言っちゃいますが、よく考えてみれば、本人が好きな水着で泳ぐ分には、別に何着たっていいわけじゃないですか。そうしちゃいけないって思い込まされる、この日本の社会における女の人の体って、何なのかしらって思うんですよ。

林　ああ、いいこと言うじゃないですか。だから、あんなグラビア、週刊誌なんかにガンガン載せてそれをみんなで見るなんて日本だけなんでしょう？

小島　コンビニに置いてあったりしてね。

林　ないんでしょ？

小島　もっと厳しいみたいです。

林　いくら袋とじしているからってね。

小島　ねえ。私も袋とじにされたし、自分でも開きますけど（笑）。

林　私も（笑）。別にこんなの見なくたっていいじゃないって思うけど、隠されると、なんか見たくなるのが人情で。開けたときに出た細い紙屑《かみくず》なんかが残っていると、バレないようにして（笑）。

小島　そうなんですよね（笑）。

林　私たちって、良く言えばすごい理が勝《まさ》っている聡明な女じゃない？　だけど、すごい男が来て、なんかこう性の魅力で、もう何がなんだかよくわからなくなって、我も忘れて引きずられたいとか、一生に一度はそんな経験したいと思わない？

小島　おお、いわゆるアィルケ（『愛の流刑地』）みたいなことですか？（笑）どうかなぁ。私、今、現実的に言うと、面倒くさすぎるっていうのがあります。この忙しさに加えて男との密会とか、ムダ毛のお手入れとか。そういう手間が増えていくともう手が回らない（笑）。

林　だから、そういう男はそんなことは言わないのよ。

小島　ムダ毛も好きって感じですか。

林　そう。で、「オレが剃ってやるぜ、ジャージャー」とかそういう男。

小島　アハハハ、それは未知の領域ですね。

林　だから歳取ってから男にハマるとこうなっちゃうんだって、いるじゃないですか、時たま。

小島　狂ってしまうんですね。

林　狂ってしまう、男に狂ってしまう人。貢いじゃったり、まあ貢がないまでも、旦那捨てて逃げちゃったり。

小島　この前見た週刊誌の見出しに、男性読者向けに「六十になっても、七十になっても、八十になっても、九十になってもやりたい」みたいな文字が躍っていて（笑）、こんな見出し、編集会議で採用されたって、どういう会議なんだって思っちゃうんですよ（笑）。

ああいうのを見たりすると、死の恐怖を感じたときに、こっちに流れるのかなと思うので、私もそのうち突然死の恐怖がもっと具体的にね、たとえば不調が見つかったりしてもっと具体化したときに、その「色欲」方面のスイッチが入るのかな（笑）、という気もするんですけどね。

欲情に走るには煩わしいことが多過ぎる

林　でもさ、若い頃とかはどうでしたか。なんかつい理性が勝っちゃうけど、一生に一度はそういう人に引きずられてみたいとか、思いませんでした？　仕事に行こうとしても「慶子、もう今日は行かなくていいぜ」って相手にカーテン朝から閉められちゃって、「会社が」って言おうとすると「うるせえ」とかって言われてさ、「いいや、休んじゃおう」みたいな。

小島　あははは、なかったなあ……。なかったけど、でも、学生のときですけど、友達の住んでいるところに旅行に行ったら、友達が地元の男子学生を紹介してくれたんです。それで友達が運転する車に乗ったら、その知らない学生が助手席に座っていて、私はその後ろ。そこからルームミラー越しにその人の鎖骨が見えたときに、「うわあ、この人としたいなぁ」と思ったことはあって、その後、もういろんな姑息《こそく》な嘘をついて、ちょっとつき合ってみたことは確かにありましたね。なんか、そういう、学生最後の春休みだったりとか、ほかの煩わしいことがない状態だと、欲情してそれにもう素直にまっしぐらに行ってみよう、みたいになれるんでしょうね。

林　欲情の作法ですね。

小島　あははは、作法！　今だと、「ちょっと待って。この人と一晩中するためには、じゃあ、あの打ち合わせをキャンセルしないといけないのか」なんて考えなくちゃいけないですよね。そう考え始めたら、一気に萎えていくっていうか……。

林　あら、そんなこと言わないでさ。「それをしちゃあ、おしまいよ」っていう感じ。「もういいの、いいの、とにかくどうにでもなれ」みたいな感じですよ。

小島　林さん、そんなこと、ありましたか。

林　私？　うーん、やっぱり仕事を優先してきましたよね（笑）。だから、それが悲しい。この歳になって、若い頃にそういう恋愛をしたかったなって思うの。

小島　この先、あるかもしれないですよ。

林　あるわけないじゃん。

小島　わかんないですよ。

林　やっぱり、オーストラリアに行ってみるかなぁ（笑）。

小島　オーストラリア、楽しいですよ。カンヌに住んでいた友達が、カンヌもそうだって言っていましたけど、とにかくいろんな体形のビキニと、いろんなシワ腹のおじいちゃんがいて、彼らが七十代同士で再婚、再々婚とか、そんなのいっぱいありますよ。

林　なんかイタリアとかだと、どんなおばさんにもすごく優しくしてくれるって聞いたんだけど。イタリア人って、総マザコンだから、五十いくつのおばちゃんのことを、中学生が口説いたりするみたいで。

小島　生涯現役（笑）。日本では女の人が抑圧されて「そろそろ引退だ」とか「欲情したらいけない」って思わされているのかも。林さんも、オーストラリアかカンヌにいらっしゃったらいいですよ。カンヌのほうがお似合いですかね。

林　カンヌかぁ……。いいかも。

小島　はい、ビーチでビキニを着て、一晩の……。

林　快楽を。

小島　そう、色欲に、快楽に身を任せて（笑）、また翌日は波で体を冷やして。

林　そう言えば、バブルの頃って、「日本では絶対モテないよ、この人」っていう感じのおばちゃん体形のスタイリストとかが、結構タイに男を囲っていたんだよ。そういう例もあるしね。韓国と中国とベトナムに男がいる岩井志麻子さんの例もあるし。岩井さんの講演会はエロトーク全開で楽しいですよ。小島さんも今度来ますか？

小島　面白そうですね。

林　ただし、その内容に、地方の人たちなんて、怒って席を立って帰っちゃったりするんですよ。なので、最近は講座名の下に必ず『R指定』って書いてあるから、そのつもりでね。

小島　アハハハハ、何だか興味が湧いてきました。ぜひ聴きに行きます！

Ⅳ 憤怒

怒らなかった後悔は十倍になる

小島　第四章は「憤怒」についてです。林さん、最近、何か怒ったり、腹立たしく感じられたことってありましたか？

林　それが若い頃ほどではないんですよね。もっと社会に対して怒らなきゃいけないのはわかっているんですよ。でも、たとえば安保法案の問題にしてもそうなんだけど、擁護派の学者さんの話を聞けば「そうだよな。日本だって、これから世界の中で生きていかなきゃいけないからなぁ」と思うし、「憲法は大事だ」とか「身内を戦争に行かせるのか」っていう意見を聞くと、それもそうだなと思うんです。

なんか、どちらも言い分あるよなと思うと、世の中に対してあんまり怒れなくなっちゃって。これは、まずいなあと思ったりします。

小島　大人になると、「あまり怒っちゃいけない」という空気がないですか。特に「女は怒るとみっともない」なんて言われたりすることもあって……。

でも、怒ることが悪いことのようにあまりに思い過ぎちゃうと、不平不満をためこむことになるので、陰湿になるような気がするんですよ。そっちのほうがよっぽど嫌な感じになるから、私は怒ってもいい気がするんですけどね。

林　とは言っても、有名人として怒れないことってあるでしょう？　とても腹立たしいんだけど、周りに人の目があると林真理子が激怒してるってわかっちゃうから、不当なことも我慢しなきゃいけない。

小島「今日は誰々がキレているところを見ちゃった！」ってSNSに書く人もいますからね。

林　ただね、これは私のモットーでもあるんですけど、「しなかったことの後悔は十倍になるけれども、したことの後悔はすぐ薄れる」と思うんですよ。だから、やっぱり怒るときは、怒ったほうがいいのかもしれない。

小島　そうですよね。

林　以前、一流と言われるホテルに泊まったときに、ひどい目に遭ったことがあるんです。あまりのことに、朝になって「文句言ったれ」と思って、部屋に備え付けてあった苦情カードに書こうと思ったの。でも、「いいや、たぶん、チェックアウトのときに謝ってくれるだろう」と思って書かなかったんですね。ところが謝罪がなくて。私も結局言えなくて、そのままになっちゃったんだけど、以来十年くらい引きずっているの（笑）。

そのホテルの「なんとかホテルのおもてなし」とか「心」とかっていう宣伝文句を目にするたびに、「何が心じゃ！　おもてなしなんてふざけるな！」と思って、腹が立つんです。私はそんなに恨みがましい人間じゃないと思っていたんだけど、なんであのとき言わなかったんだと思うと、今でも悔しい。

小島　今からカードを書きに行ってもいいくらいですね（笑）。

林　本当ですよ。

小島　私が最近腹が立ったことと言えば、今住んでいるオーストラリアのある天ぷらレストランですね。

日本人シェフがやっているというので家族で行ったんですけど、これがメチャクチャ高いのに、「本当に、君、日本で修業したのか!?」と言いたくなるくらいまずかったんですよ。日本文化云々《うんぬん》と言う以前に、「こんなにまずいもので、こんなに値段を取るなんて許せない」というレベル。

そもそも予約のときから失礼と言えば失礼だったんです。日本人のオーナーなので、日本語で予約をしようと思って夫が電話をかけたら、「あ、僕は予約を取らないんで、英語で担当の者にかけ直してください」と言ってガシャッと切られたりして。どうもオーナーが「俺は日本人に仲間だと思われたくない」というタイプみたいで。

林　もう、困るね、そういう人。

小島　それでも、おいしいものを出していれば、別にそれはその人のポリシーなのかと思いますけど、とにかくメチャクチャまずい。質の悪い居酒屋で出てきた揚げ物が二時間経っちゃった、級のものが出てきて、お酒も夫と一杯ずつくらいしか飲まないのに、家族四人で二万五千円くらい取られて。

「この腹立たしさを誰にぶつければいいんだ！」と収まらないんですよ。もう『トリップアドバイザー』とかに書いてやろうかと思いましたけど、悲しいかな、怒りを如実に表現するだけの英語力がないので、パースで会った日本人に、「あそこの天ぷら屋さん、まずかったよ」って地道に言ってます（笑）。

林　そう、地道にね（笑）。でも腹が立ちますよね。それでも、やっぱり若い頃のほうがよく怒っていた気がするな。この前、タクシーの運転手さんが、すごく感じがいいなぁと思ったわけ。そう言えば、最近、タクシーであまり嫌な目に遭わないし……なんて思って、よくよく考えてみたら、自分が歳をとったから向こうも一応、それなりに怒らせまいとしているんだなって気がついたんです（笑）。だって、その昔、成城に住んでいたときなんて、行く先告げただけで露骨に嫌な顔されてさ、「高速で行ってもらうよ」なんて言われて。

小島　ええっ⁉　怖い。なんでそんなこと言われるんですか。

林　世田谷って信号がすごく多くて、運転手さんはすごく嫌なんだって。しかも、あまりメーター上がらないし。当時は「近いところ、すみません」って言っても「すみませんって思うなら乗るな」なんて言われて。

小島　ひどい！　でもまあ確かに女性が一人で乗ると、大抵運転をわざと荒くされたりとかね、返事もしてくれなかったりとかありました。最近はインターネットで予約すると、顧客が接客態度を星で評価できたりするので、皆さん気をつけているのかもしれないですね。

組織への不満爆発は子どもの親への反抗？

林　若いときのほうが怒りのエネルギーが大きいということもあるかもしれないけど、組織にいるときにも、そういうことってなかったですか？　たとえば小島さんは長らく会社勤めだったわけだけど、当時、会社や上司に対して腹を立てる機会が、今よりも多かった、なんて思ったりしませんか。

小島　うーん、そうですねぇ。私は十五年会社員をやっていたんですけど、ずっと会社の悪口を言い続けるのが嫌で辞めたというのもあるかと思います。何だか会社と会社員の関係って、親子みたいなところがあるような気がするんです。子どもである社員は、働きに関係なく、毎月毎月お母さんからお小遣いが貰《もら》える。「もう面倒なこと、れて。全部お母さんがやっておいたから、これがあなたの取り分よ」ってお給料を振り込まれて。

林　なるほど。

小島　そして、どんなに現場で頑張っていても「はい、明日からあっちに行きなさい」って言われたら異動しなきゃいけない。アナウンサーの異動はそんなにありませんが、番組が換わることはある。そうすると「あ、もう私の人生は会社に全部決められているんだから、変えようがない。できることと言えば文句を言うことぐらいなんだ」となっちゃうわけです。

でも、それをやっていると、何だか自分が「お母さんのあそこが嫌い」と言って甘えているだけの子どものような気持ちになるんですよ。

林　なるほど、そうなんだ。

小島　長年、労働組合の執行委員をやっていたので、それなりに会社の制度を変えたこともありましたけど、基本、会社員って、自分から働く環境を変えられないので、されるがまま、言われるがままにやっている分、もう、ただただ文句と悪口だけを言って過ごす……という状態になってくる。

それを十五年やって、この先また二十年やるのかと思ったら、それは疲れたな、と思ったんですね。出し所がないというか。

林　でも、そういう企業の中で、すごく守られてもいたわけでしょう?「TBSっていう大企業に入ってよかったな」って思うことはありませんでしたか。

小島　もちろんありますよ。番組が終了してもお給料は変わらないし、銀行からお金借りるときも何も言われない。辞めてもなお、「元TBS」ということで、お堅い職業の方たちには信用してもらえる。

でも、「僕はこんなにお母さんの言うことを聞いているんだから、お母さんの悪口くらい言ったっていいじゃないか!」という気持ちで働くのが、私はしっくりこなかったんですね。その怒りを、環境に働きかける力に変換してみたんですが、限界はある。だから外に出て違う形でお金を稼ごうと思ったんです。林さんは編集者の方とすごく喧嘩したり、「もう!」なんて腹を立てたりということはあるんですか。

林　私はほらフリーでやってきたから、誰も守ってくれる人がいなかったんですよ。今でこそ、そんな嫌なことはないけど、若い頃はそれこそ、編集者も言うこととやることが全然違って、ひどいことをさせられたりもしたんですよ。だから、もう一人で電話をかけまくってさ、「なんですか、これ!」とか「ふざけるな!」みたいなことは、いつもやっていましたよ。

小島　じゃあ、もう直接ですか。

林　直接。

ひどく腹が立ったことほど詳細を忘れるのはなぜ?

小島　えー、そうすると、「あいつ、若いのに生意気だ」とか言われたりしませんでしたか。

林　そんなのしょっちゅう言われていたと思うけど。

小島　すごい。勇気が要りますねぇ。

林　そう。だからいつも一人で闘ってたわけ。もう、世の中がこんなに悪意に満ちているとは思わなかった。今だと作家もどこかの事務所に入ったりして、マネジメントしてもらえるけれども、昔はそういうことが全然なかったから、テレビに出るのにも、自分で洋服持っていって着替えてたしね。

ギャラについても「えっ？　そんなに少ないんですか。ウソ！」と言いたくなるような文化人値段を提示されながら、自分で交渉していました。インタビューを受ければ受けたで「だから、私はなんとかじゃないのさ、わかった?」みたいな、全然覚えのない話し方で記事にされるから、「私、失礼ですけど、初対面の方に、こんなこと申し上げたことありません。いつ、あなたにこんなこと言いましたか?」と抗議もしたりして。

そうすると「僕の林さんのイメージがこうなんですよ」とか言われて、そうしたこと一つひとつと自分で闘っていたんですよ。

小島　ええっ！　ひどい。でも、そのときに代わりに怒ってくれる人がいないんですもんね。それは大変ですよね。

林　大変ですよ！　だから、今でこそすごく仲良くやっている出版社の人たちも、昔はすっごく意地悪だったんですよねぇ。私、歳とともに記憶が薄れていくから今も普通につき合っているけど、思い出したら、もうやっていられないよっていう感じかもしれないですよ（笑）。「そういえば、お前、○年前にはこうだったな」みたいな（笑）。

小島　そうやって闘ったときって、相手の態度はどうだったんですか。

林　こっちのことなんか、相手にしていなかったと思う。どうせすぐ消えていくと思っていたからね。すっごく態度悪かった。

小島　いやぁ、感じ悪い。それで後になって「林センセ〜」なんて言って寄ってきたら、本当に許せませんよね。

林　でも、私、それが誰だか覚えていないからなぁ。

小島　え、ダメですよ！（笑）　メモですよ、それ、早めにメモメモ！（笑）

林　それで今頃になって、時々ふっと思い出してさ、「こういう人いなかった？」

って出版社で訊くじゃない？　そうすると向こうは「いないよ」って言うのよ。「おかしい。結婚して名前変えたのかな。確か、こうでこうでこうだったよね」って言うんだけど、「いない」って言う。さては、組織ごと隠しているのかと疑いたくなってくる（笑）。

小島　「いない」って言っている人が、案外、その本人だったりするかもしれませんよ（笑）。林さんは二十代から活躍されていたから、「なんか若い女の子が売れているから、苛めたい」っていう、やっかみが周りにあったんじゃないですか。

林　まあテレビにはよく出ていて目立っていただろうから、「どうせこの女、一時《いっとき》ですぐに消えていくんだから、今だけはちょっと出してやるけど、別に長くつき合う必要はない」っていう感じだったよね、本当に。ああ、思い出したら、急に怒りがこみ上げてきた！

小島　今、改めてメラメラと蘇る怒り（笑）。でも、腹が立ったことであればあるほど、忘れちゃいませんか。

林　そうそう。それが何だったかも忘れちゃうのよ。

小島　それって防衛本能なんでしょうね。その当初はメッチャクチャに腹が立って、本当に「消えてくれ」ぐらいに思ったことがあっても、何で怒ったのか、その内容については結構きれいに忘れちゃうんです。怒ったことは覚えているんだけど、ディテールが思い出せなくなる。これって、なんか、脳が自分を守っているんじゃないかと思ってしまうんですね。

林　あ、でも私、いつも悪口を書かれていた嫌な評論家のことは覚えてる。それで、私も心が狭いなとは思ったんだけど、この間、チラッと会ったときも、思わず一切無視。「あんたなんかに、誰が声かけるか」って思っちゃうんですよねぇ。

小島　確かに、後味だけは残りますよね、「あいつ、許さない」っていう。あと〝呪いリスト〟に名前だけ残っているとかね。

林　〝呪いリスト〟（笑）。小島さん、前の章でも〝整形ポリス〟という素晴らしいオリジナルワードを編み出してくださったけど、これもいいかも（笑）。そうそう呪いリストにね（笑）。でも昔はそうやってまだ、顔のわかる相手とのやりとりだったけれども、今はネットっていう厄介なものが入ってきたから、嫌ですよね。小島さん、ネットって見ますか。

誰も教えてくれなかった〝怒る技術〟

小島　自分に関するネット、一切見ないです、私。別に見なくても困らないし。

林　やっぱりそうだよね。私の周りでも名前を知られている人で、自分のことについて書かれたものをネットで見ている人なんていないわけ。そんなふうに本人たちは見ていないのに、あのネットの住民たちって、誰かを嫌な目に遭わせようと思って書き込んでいるわけでしょう？　あれはどういうつもりでやっているんだろう。

小島　〝言ってやった感〟に酔っているんじゃないですかね。「俺なんか、アイツに言ってやったんだよ」って。

林　そうなのかな。でも、嫌なのは、その先の二次的な噂の広まり方で、「ネットでこんな目に遭ってる」とか「ネットで騒がれている、叩かれている」みたいなことが、紙の本に出たりするじゃない。あれがちょっとね。

小島　こんなこと書かれていましたよ、って、わざわざ教えてくれる人もいますしね。

林　なんか怖い気がするんですよ。私の若い頃って、「なんでこんな不当な目に遭うんだろう。もっと、この人たちに意地悪されない自分になりたい」と健気《けなげ》に思って、その怒りをエネルギーに変えていったところがあった気がするんです。今だって、そのエネルギーって誰にでもあると思うんですよ。

でも、それがネットでババババッて瞬間的に書き込むことで発散して済んでしまう。そこで熟成したり変化させたり、違うエネルギーに転換していかないというのは、どうかと思うんですよね。

小島　そういう人たちがネットに書いているのかどうかはわからないんですけど、私が結構怖いなあと思うのは、たとえば何か私が言ったことに対して「やだ、小島さんとか、超毒舌でコワい。怒る人とか、めちゃコワいんですけど」とわざわざ言う人です。そうやって「私は善人ですよ。感情を荒らげたり、悪口言ったりしませんよ」とことさらに言う人たちは、自分の中に抱えているドロドロしたものをどこで出しているんだろうと思うんです。そういう人たちが夜中にパソコンをカタッと開いて、匿名で罵りの書き込みをしているのかもしれない。もしそうなら、「いや、それはむしろ実生活で出したほうがいいんじゃないのかな」と思うんです。

目立つ人に対して「こわーい」とか「どくぜつーっ」とか、わざわざ言わないではいられないのは、自分の無害性をアピールしたいのか、一体何のためなのかと思うんですよね。彼らの抱えている抑圧のほうが、かえってドロドロしていて怖いかなと思いますけどね。

林　とりあえず発散したいっていうことなのかな。

小島　考えてみれば、〝怒る技術〟って学校で教わらないですものね。

林　〝怒る技術〟。なるほど。

小島　悪口はみんな、習わなくてもどんどんうまくなるけれども、怒る技術って教えてもらえないですから。だって、工夫が要りますよ、怒るって。

林　そうですよ。できるだけ冷静に、普通にってね。うちの夫が言うんだけど、誰かにクレームをつけたり、抗議したりするとき、「君たちおばさんは、人のために言ってあげたと思っているけど、それは勘違いで、ただのうるせぇババアだと思われているだけだよ」って。

小島　それはきついなあ（笑）。

できる限り言いたくない「上の人を出せ」

林　でも、私も本当にひどい目に遭ったときは、基本的に腹を立てたその場で、その相手に直接、冷静になって「ちょっとこれはおかしいんじゃないですか」って言うようにしているんですよ。まあ、ごくたまに後から電話をかけて、という場合もありますが。最近だと……ああ、デパートにかけました。

小島　それは店員さんに対してですか。

林　そう。店員さんがあまりにもひどくて。子ども用の浴衣を買いにいったんですよ。そうしたら、ずっとピッタリついてきて、あれこれ偉そうに言うわけです。「誰に向かって言っているの？　着物の本も一応書いた私なのに」って、そこまでは、もちろん言いませんけど（笑）、とにかく押し付けがましいんです。「子どもになんか、そんなも「子ども用の浴衣のスリップあります？」って訊いたら「子どもになんか、そんなもの着せませんよ」。一事が万事その調子で、一切、お客に有無を言わせない。子ども用の帯って言ったら、とても長いものを出されたから「いくらなんでも、これ長いんじゃないですか」と言うと、「いえ、これ子ども用ですから」って譲らない。「でも、これ見てくださいよ。普通、子ども用って言ったら三メートルなのに、これ四メートルありますよ。ちょっとおかしくないですか」ってさらに続けると、今度は「縮む分を入れて四メートルですよ」って言うわけだ。

小島　どれだけ縮むんだ（笑）。

林　これは、この場で文句を言おうと思って「ちょっと、あなた、おかしいんじゃないの？」と言ったら、そのときに、お客さんが入ってきたんですよ。それが、歳の感じから言って、ちょうど私の本のターゲットではないかというくらいのお母さんと娘さんの親子連れで（笑）。もう誰もいなかったら、そこで「誰か上の人を出してください」ってガーッと言うんだけど。

小島　よりによって読者層が入ってきた！（笑）

林　でも、よくよく考えるとやっぱりあまりにひどかったから、後から電話をかけたんです。

小島　あはは（笑）。じゃあ、その場では、引っ込んじゃったんですか。

林　そう。まあ、電話したら「ちゃんと注意しました」って言ってたけれど。私は怒るとき、立場の弱い人にはなるべく怒らないようにしていますし、「上の人を出せ」っていうのもできるだけやらないようにしているんですけど、でも目の前にいる相手が嘘やごまかしばっかりでまともに会話ができないなら、そういうときは言わなきゃいけないと思う。別の被害者が出ますもん。

小島　そうですよね。

あなた個人の判断か、会社の判断か

林　小島さんも、昔ご近所にいらしたことがあるから、ご存じかな、Dっていうケーキ屋。潰れちゃったんだけどね。

小島　あ、はいはい、知ってます。え、あそこ潰れちゃったんですか。

林　そう。私、子どものバースデーケーキを頼んだことがあったんだけど、受け取りに行ったら、「工場まで取りに行ってください」って言われたんですよ。

小島　そうそう。駅の反対側にあるんですよね、そのお店の工場がね。いや、ひどくないですか。それ。

林　持って来ればいい話でしょ？　だからそのときに私、「これは、あなたの判断ですか、それとも会社全体の判断ですか、教えてください」って、ここまで出かかったの。そうしたら、そのときにまた人が入ってきてさぁ。

小島　アハハハハ。またも読者が！

林　隣から来たんですよ。

小島　ああ、あの駅前の本屋さん！　全国から林さんのファンがやってくる聖地と言われている書店ですよね。じゃあ紛れもなく熱心な読者ですね（笑）。

林　だから言えなくなっちゃって。でも言えばよかった。今、その言えなかった言葉が、いつも私の中で渦巻いているんですよ。で、その後も、そのお店に行くたびに怒りが蘇ってきて。

小島　それで潰れちゃったんですか（笑）。

林　潰れちゃった。呪いで（笑）。

小島　おそろしい（笑）。このご時世によく残っているなと思ってたんですけどね。住宅街の古いケーキ屋さんで。そういうところだからこそ、丁寧な対応を期待してしまいますよね。

車載カメラで確認する最近のタクシー事情

林　やっぱり名前と顔を知られているから、そこで「ごねている」とか思われたく

ないでしょう。だから感情に任せてギャーッと言ってしまいたいところでも、私たち、

小島　もうグーッと我慢するか、もしくは、怒るときに、客観的に見ても論理破綻していないように、説明が多くなる（笑）。

林　ああ、そうかもしれない。

小島　怒っているのに、観客を意識しているから、すごく、こうグーッと抑えて冷静になる。

林　そうそう。誰かに見られていてもOKなようにね。

小島　そうです。たとえば、タクシーの運転手さんでよくいるのが、道を知らないのに「知らない」って言わない人。たぶん「知らない」って言うのが怖いからだと思うんですけど、知らないくせに、そのまま走るんですよ。そうすると、普通に曲がるところを曲がらなかったりするから、「あれ？」と思って、「道、ご存じなんですよね」と言うと、「いいえ」って言うから、「そんなの、車を出すときに最初に言って下さいよ！　ナビを入れてもらったりできるのに、なんで黙ってるんですか？　知ってるフリして走るほど不親切なことないじゃないですか」って抗議して。

林　タクシーの中って、わりと言えるよね、個室でギャラリーがいないから（笑）。

小島　そう。ところがね、あれ全部カメラで撮られているんですよ。

林　え、そうなの⁉

小島　そうなんです。タクシー会社もちゃんと自分のところの乗務員を守るために、何かお客からクレームが来たりしたときには、それをチェックしているらしいんですね。私、この前「銀座のほうに行ってほしい」って言ったのに、まさかの池袋に出られちゃったことがあったんです。代々木上原のほうから乗ったら、運転手さんが勝手に地下潜る道路に入っちゃって、降りるところを間違えて、出てみたら要町《かなめちょう》だった。私もメールをチェックしたりしてて気付かなかったんです。

林　まあ、ひどい。

小島　で、銀座と言って、どうやったらここに出ちゃうのかってすごく怒ってですね、私、そのタクシー会社に電話したんです。そうしたら、翌日先方がかけ直してきて「映像を全部チェックしました」と。「そうしたら、正にお客様のおっしゃったとおり行き先の確認を怠っていたので、今回はうちで弁償します」って言われたんです。

林　えぇー、そうなんだ。私なんてさ、この前、精神科医の和田秀樹さんのところでお酒飲んで、脚本家の中園ミホさんと一緒にタクシーで帰ることがあったのね。で、「中園さんちに、じゃあ先に送っていくよ」と言って乗ったの。和田先生が「高速、まっすぐ乗れば着きますよ」って言うから、運転手さんに「高速乗ってまっすぐ行って」って地名とともに言ったんですよ。で、そのままずーっとしゃべってたら、気がついたらディズニーランドの近くまで来てたの。

小島　ディズニーランド！　本当にどこまでもまっすぐ行っちゃったんですね（笑）。

林　まあ私たちも、ずっとしゃべっていたのがいけなかったからと思って、「わかった、私たちがいけないから、戻ってください」ってお願いして戻ってもらったんです。そうしたら、結局二万五千円も取られたの。

小島　えーっ、それはひどくないですか？

林　もう中園さんなんて怒って「払う必要ない」って言ったんだけど、しゃべってた私たちもいけないわけだからさ。でも、「戻ってください」って言っても、「行き方がわからない」って結局グルグルして。

小島　もう、それが腹立つんですよね。わからないなら、わからないって最初に言うべきじゃないですか。

林　でも、向こうは「お客さんがまっすぐ行けって言ったから」って言うんですよ。さすがに私もそう言われると「じゃあ、そのまま、まっすぐ進んで千葉の先まで行くんですか、永遠に」って言いましたよ。

小島　太平洋に落ちますよ、最終的にね。

林　本当にね、二万五千円。

小島　払ったんですか？　映像を再生すれば、まあ、大抵の人は、林さんと中園さんの楽しいおしゃべりのほうに集中するとは思いますけど（笑）、その前の段階で、行き先を言っているところは残っているわけですから、先方の落ち度も証明されそうですけど……なんか悔しいですね。

立場の弱い人に怒ってはいけない

林　ちょっと、本当にタクシーの中って、全部撮られているわけ？

小島　撮られていますよ、車載カメラで。だから、タクシー強盗の映像とか、よく出てきたりするじゃないですか。あれは、その映像に残っているからで。

林　じゃあ、プライバシーないじゃない。

小島　まあ、そうですね。

林　チューとかしてたら、どうするの。

小島　あ、きっと映ってます、映ってます（笑）。

林　でも、それは見たりしないよね。みんな消したりするんでしょ？

小島　必要があれば、見るんじゃないですか。

林　怖い。

小島　だから、そのチューしている最中に追突事故とかに遭ったりしたら、再生しますから、チューしてたなと、ついでにわかっちゃいますよね（笑）。普段は見ないと思いますけど。

けど「タレントが、乗ったな」と思って、その後、再生する人はいるかもしれないので、私は運転手さんに「そこ、おかしいですよ」と言うときに、かなりカメラを意識して、それこそ説明が多くなります（笑）。この人が怒っている背景はこうなんだということを、第三者にも理解してもらうために（笑）。もはや実況と解説。

林　そうかあ。この前、私、帝国ホテルからタクシーに乗ろうとしたら、ポーターさんが誰もいなかったわけ。そうしたら女一人だから、タクシーも乗せたくないのか、手前で止まったまま乗り場まで来ないのよ。

小島　え、運転手さんが？

林　そう。で、お互いにらみ合ってたんだけど、私が近づいていって、窓をトントンって叩いて「乗っけてくださいよ」って言ったの。そうしたら渋々乗せてくれたんだけど、「全日空ホテルまで」って言ったら、千三百円くらいの距離だったのが不満だったのか、「はぁあ」とかって五回くらい溜め息つかれて。

小島　感じ悪い。

林　領収書もらったから、そこで私も「運転手さん、これタクシーセンターに言うよ」って言えれば大物になれるんだろうけど、結局いろいろ考えて言えなくなっちゃう。

小島　林さん、そういうとき、運転手さんの苗字を呼ぶといいですよ。私、態度悪くされると、前のプレートに書いてある名札を確認して「イトウさん、聞いていらっしゃいます?」とかって言うんですけど、そうすると、結構みなさん、ちゃんと返事してくれるので、お勧めです。

林　なるほど。いいこと聞いた。今度やってみよう。でも、運転手さんって、声で私だってわかるみたいだよ。

小島　ラジオずっと聴いているからですよね。

林　それでも、私なんか、たまに『ラジオ深夜便』に出るくらいなのに、「声で覚えてる」って言ってたから、すごいなって。

小島　そう。タクシーの方ってすごいですよね。

林　あと、業界が違うと、どこに怒っていいのかよくわからなくなってくるんですよね。たとえば、以前、TBSの番組から出演依頼があったんです。有名司会者が出ていて、私、その番組が結構好きだったから「いいかも」と思って受けたら、出る予定にしていた日の三日か四日くらい前に「企画が変わったので、なくなりました」って言われたの。

小島　えっ、それは失礼……。

林　もしかしたら、司会者が私のこと嫌いだったんじゃないかと思うんだけど、でも、それってテレビ業界としてアリですか。
小島　いや、普通はないです。三、四日前なんて、さすがにないです。
林　ないでしょう？　だから私、そこでギャーッと「どういうことですか、これは」って文句を言おうと思ったけど、別に事を荒立てなくてもいいかなと。そんな抗議をするほど、こちらはテレビ業界に関して力がある者ではなくて、それどころか、むしろ弱いし、業界も違って事情がよくわからないから。これが出版社だったら私も言うけど、まあいいやとか思っちゃって。
小島　でも、それはおっしゃったほうがいいと思います。だって収録番組で林さんに「ゲストに来てください」とお願いしていて、それで三、四日前にお断りするなんて、あり得ないです。まあ、どうしても事情があって延期とかなら、まだわかりますけど、キャンセルなんていうのは普通はあり得ない。

外でもいろいろある上に家の中でも闘って

林　そうだよね。でも、だから、女ひとりで働いていくのって大変なんだよ、本当に。慶應大学名誉教授の米沢富美子先生って、物理学の偉い先生がおっしゃっていたけど、女性が働くときには「外では敵ばっかりだ」って。「だから、家の中では絶対に夫婦喧嘩しない」っておっしゃるんです。「家の中では敵をつくって争いたくないから、夫の言うことは全部聞いた」って。私なんて、外でいろんなことがある上に、家の中でも闘って大変。

小島　家の中でも闘うんですか。

林　そうだよ、すごく大変だよ。

小島　どんなことで夫婦喧嘩なさるんですか。

林　帰りが遅い。

小島　それは、林さんの帰りが遅いということで、お連れ合いが怒る……ということですか。

林　そうそうそう。

小島　それは心配なだけではないんですか。

林　違う、違う。好き勝手なことしているのが腹が立つらしい。「また出かけるのか」とか、「つき合ってる連中がいつも同じだ」とか。

小島　それは別にいいでしょう（笑）。仲のいい人がいるということで。

林　そうでしょう。

小島　逆に林さんは、お連れ合いのどんなことで腹が立つんですか。

林　すべてです。

小島　すべて！（笑）　箸の上げ下ろしとか。

林　そうじゃないけど、いろいろとね。たとえば外食に行くと長い。子どものために行ったとしても、子どもがもう飽きちゃっているのに、二時間くらい、お酒を飲みながら食事を楽しむ。お蕎麦屋さんでも、ビール一本飲みました。一合瓶飲んだ。それでまたお酒を頼もうとするから「あのね、お蕎麦屋でね、そんなにグダグダ飲むのは粋じゃないと思うよ」って言うと、「粋だとかなんか、誰が決めるんだ」とかって。

小島　確かに（笑）。〝粋鑑定人〟はいないですけどね（笑）。

林　それにね、何しゃべっても、私のことが腹が立つみたいで。たとえば「ねえ、聞いて聞いて。友達が今日メールくれて、『五番目の夫と再婚しました。八歳年下なんですが、彼が私の還暦パーティをしてくれるそうなんです。ぜひ来てくださいね』だって。いい話だよね」って言ったら、「そんな異常な話はするな」って言うの。

小島　そんなに何度も結婚する人間は異常だ、と（笑）。

林　そうみたい。それとか「ねえ、うちの娘、ちょっとわがままだと思わない？」って言っても「当たり前だ。母親が帰りが遅いんだから」って。もう何を話しても楽しくない。

小島　アハハハハ。それ、昔からですか。

林　最近、特にひどいんじゃないかな。

小島　じゃあ、もう錦鯉《にしきごい》かなんか飼って、注意を逸《そ》らす！（笑）。

飼う庭がないよ（笑）。あ、でも、犬が居て、犬とは相思相愛なんだけどね。

林

小島　そうかぁ、でもきっと林さんのことがとても好きだから、集中しちゃうんでしょうけどね。

林　違う、違う。ほら、自分は定年退職したから、奥さんが毎日楽しそうなのが腹が立つっていうのがあるんじゃないんですか。

小島　ああ、ありがちな。

林　そうそう。夫への怒りを書いたら、本二冊分になるわね。

小島　上下巻ですね。しかも二段組（笑）。でも、それはもっと「僕の話を聞いてほしい」っていうことなんじゃないでしょうかね。

林　だって、つまらないんだもん。

小島　アハハ。そういうの、ご本人におっしゃるんですか。

林　ううん。だから、私は、彼の「元なんとかという商社にいた人の、なんたらかんたらがこうなんだよ」っていう、会ったこともない人の話を「へえ」って楽しそうに聞いてあげるのに、どうして私の五回結婚している友達の話は、聞いてくれないんだろうって。

小島　五回結婚している人の話、相当面白いですよね（笑）。男の人って……って一括りにしちゃ申し訳ないけど、頭の中から出てこない感じが、私、時々イライラします。私の夫、基本的にはすごく穏やかないい人なんですけど、頭の中の自分のイメージと現実の自分との乖離《かいり》に気づいていないところがあって。

林　難しい話だ。自分はこういう人間なんだけど、世間の評価と違うとかいう話？

小島　いやもっと単純なですね、まあ最近、それを象徴するようなことがありましてね。〝マーガレット・リバー、森の小道事件〟って呼んでいるんですけど。

林　まあ、ロマンティックじゃないですか。

「目の前の自分と向き合え」と朝五時まで侃々諤々《かんかんがくがく》

小島　全然。まったくロマンティックじゃないんです。パースの南に、マーガレット・リバーと言って、西オーストラリアの軽井沢みたいなところがあるんですよ。そこに行ったときに、ホテルの裏に森があって、トレイルって言って、散歩道があったので、一家四人で夕方歩いていたんです。
すごく素敵だったんですけど、ちょっと遠くまで来過ぎてしまって。でも川が流れていたので、浅くなっているところを渡れば道路に出られて、道路沿いにピーッと戻ればホテルまで行けるので、「あ、よかったね。もう道路に出るから行こうよ」と言うと、夫が「いや、ここの道路は歩道がなくて危険だから、森の小道を帰ろう」って言うんです。

「え？　でも端っこ歩けばいいじゃない」と言っても「すごく危険なんだ、ここは」って断言する。「でも、これ迷っちゃうかもしれない」って心配して言うとさらに、「俺は立札があるのを見たから大丈夫だし、自分たちがどこにいるかもわかってい る」って堂々とそこまで言う。なので「じゃあ、わかった。森の小道を歩いて帰ろう」って戻り始めたら、案の定、迷ったんですよ。どんどん道が細くなって、藪《やぶ》みたいになっていって。

林　え、怖い。

小島　それで「ちょっと、さっき立札見たって言ったけど、どっち方面って書いてあったの？」って尋ねると、「立札には〝トレイル〟って書いてあった」って言うんですよ。トレイルって〝小道〟ですよ。そんなの、見ればわかるわ！　そんな立札要らないですよ。

それで「現在地わかっているって言ったけど、じゃあナビ見たらGPSで道が出てるの？」って言ったら「道は出ていない。真っ白になっている森のエリアのどこにいるかって、現在地の〇だけ出てる」。それって、完全にただの迷子ですから！

あったま来て、そうしたら森の奥から何だか奇声も聞こえてきて「ああ、これ絶対変質者に殺される！」って怖くなっちゃって。そのままとにかく川を渡って、全員で流木とかを跨《また》ぎながら道路に出たわけです。そうしたら、何のことはない、砂利道だけど、普通に歩道がついていて、ホテルにすんなり戻れたんですよ。

林　あら、よかったですねぇ。

小島　で、夫に「あなた、さっき、なんでここの道路を危険だって言ったわけ？　見たら歩道なかったの？」と尋ねたら、「いや、俺運転してきたから、見たわけじゃないけど、なかった気がする」と、こうですよ！　「気がする」とか言うんです。そんな十歩も歩けば道路見られるのに、見てから言ったらいいのにね。森の小道がわかっていないのに、俺はわかっていると思いたい。道路の危険がわかっていないのに、俺はわかっていると思いたい。「こうでありたい俺」っていう、それだけのために、家族の命を危険にさらしたわけですよ！

林　なるほど……。

小島　それでもう、朝の五時までですね、とにかく「頭の中から出てこい」と。「あなたのありたい自分像じゃなく、無力な自分を受け入れろ！」「目の前の危険と向き合え！」みたいな説教ですよ（笑）。夫にはちょっと気の毒だったかも（笑）。

ママ専用の国で〝息子着ぐるみ〟で一生踊る

林　でも、そういう喧嘩ができるのはまだいいよ。うちなんか、ちょっと何かを言いかけたら激昂《げきこう》されるから、もうずっとのみ込んでる。だから、たまに私が爆発してギャーッと言うと、向こうがビックリしちゃう。

小島　じゃあ、日頃は、わりと林さんが合わせちゃうんですか。

林　合わせてる。

小島　えー、ストレス溜まりませんか。

林　すごく溜まるよ。超溜まる。

小島　だって、それでずっとお家の中にいたら、イライラするじゃないですか。

林　だから外に出るんじゃない。

小島　それでまた怒られる。すごい悪循環ですね（笑）。男の人ってどうして母親に対してそうなんでしょうね。たとえ母親が亡くなってしまっていても、男の人の中にずっとお母さんっていますもんね。イメージ上のお母さん、みたいなのが。「君らは、そのお母さんってものにすがらないと、立っていられないのか」と思わず言いたくなるような。

林　そうそう。だから、お宅の二人の息子さんもそうなると思うよ。こんな素敵なお母さんなんだから。

小島 えっ（笑）、それはいやだ。まあ、でも息子たちという種族は、母親の罠にはまって、まんまと絡め取られている人が多いってことですよね。だから、ママの国というう、ママ専用のドリームランドで、〝息子着ぐるみ〟着て、死ぬまで踊るっていうことですよね。そいつを脱げ！ って私はずっと言ってるんですけど。

林 出た。今度は〝息子着ぐるみ〟！（笑）

夫婦喧嘩は、結局縄張り争い⁉

小島 ただね、私もいつも自分の業の深さを思うんですけど、夫に対してすごく腹が立つときに、それこそ、「着ぐるみ脱ぎやがれ！」とか「頭の中の世界から出てこい！」とか思いますけど、それは、この人が誰かに「私のためのお前であれ」と言われてかけられている呪いを解いて自由にしてあげたいからだと、自分のやっていることは正しいことなんだと思っていたんです。「私は彼を解放するんだ」とばかりに。でも、最近、どうやらそうではなくて、古い呪いを解いて、私という君主の下においで（笑）、私がまた自分の呪いをかけたいだけなんじゃないかという気がしてきてしまったんですよね。

林　おお！

小島　「これって、私が彼を自由にしたいんじゃない、単に陣地争いなんだな」みたいな気がしてきてしまってですね、じゃあママの呪いと同罪なのかなと。怒ったり、腹が立ったりということは、結局、前の領主との縄張り争いみたいなことですよね。

林　そう考えられるって、すごいな。以前、和田秀樹さんが言っていたんだけど、専業主婦と旦那との間には、マザコンの親子関係と同じ関係が成立してしまうって。すごく世話焼きでガミガミ言うお母さんと、その言いなりになる息子という図式が出来上がっちゃうらしい。

私たち働いているし、小島家もそれとは全然違うけれども、逆に私なんか、すごく気を遣って早く帰らなくちゃいけないし、気が咎めて強気に出られなかったりするところもあって、夫の言いなりになっているところがあるかもしれないですよね。

小島　でも林さん、強気に出られなくて、ご自分で我慢できるというところがすごいです。

林　そう。だから溜まって爆発するから、そういうときには、ガーッと長いメールで言いたいことを言う。

小島　お連れ合いにですか（笑）。作家の書いた怒りのメールってすごく怖そうですね、しかも長いメール（笑）。

林　そう。それにさ、人を怒らせるツボを知っているし（笑）。

小島　お連れ合いは、それ読んで怒りますか。

林　すごいよ。もう怒ったよ。この間「ふざけるな！」とか言って。「お袋に言いつけてやったからな！」って。

小島　うわーそれはもはや子ども！（笑）

怒ることは、自分にとって何が大切かを表明すること

林　こうやって考えてみると、小島さんも誰かに怒った後、その人を陥れたりとかしたことはないし、私も陰で悪口くらいは言うけど、陥れるっていうことはないですよ。「後であの人、絶対失脚させてやる」とか、「絶対、引きずりおろしてやる」とかいう気持ちは微塵《みじん》もない。つまり、きちんと怒れば、そこで気持ちって清算されるから、怒りも悪くないということだと思うんです。

小島　策を弄《ろう》したりしないで、きちんと気持ちをぶつけるということですよね。

林　そうそう。ある程度エネルギーがそこで出ちゃうと、陰《いん》に籠っていかないと思うんですよ。ある程度爆発させて、だけど残る沈殿したものは、また別の自分の活動のエネルギーに充てていく。それが理想なんじゃないかな。人の悪口とかまったく言

わない人って信用できないじゃない？　それと同じように、怒らない人っていうのも信用できないよね。

小島　そうですよね。たとえば怒るって、サービス業に対してだったら、「こういうのがいいサービスだよな」と思っているのに、供されたものがそうではないから怒るわけですよね？　夫に対しては「夫とこういうふうにありたいのに、夫にはこんなふうにあってほしいのに、こういうものを分かち合いたいと思っているのに」、トンチンカンなことを言われるから怒る。

つまりそう考えると、怒りというものは、それを通して何を自分が大事にしているのかを見せてくれるとも言える気がするんです。自分の大事にしているものの投影……とでも言うか。

林　そうそう。そのとおりですよね。

小島　でも、それをどういう形で表現するかというのが結構難しい。「私がなんで怒っているかと言うと」と言葉にしていく過程で、「私が何を大事だと思っているかと言うと」ということを言わなきゃいけないわけですよね。言わば一種の気持ちの表明をしていくことになる。

「うるせえ、あっちいけ！」と言いそうになるところを、頭を使って「私の信条の表明」にすることもできるのだから、そうなるように怒ったほうがいい。それで相手との関係が深まることもあるので、やり方次第では、憤怒もそんなに罪深いものではないんじゃないかと思ってしまったりします。

林　そうですよね。私はプライドを傷つけられたときには、怒ってもいいと思うんですよ。みんな自分の仕事だとか、ほかにも大切にしているものだとかがあるとしたら、それを攻撃されたときには怒るべきだと。

小島　それはそうですね。

林　たとえば、私がすごく腹が立つのは、自分がボランティアとかしているときは別ですけど、そういう関係でも何でもない人に、ただで「何かしてくれるだろう」と思われることですよ。昔、コピーライターとしてちょっと売れ出した頃、通っていた歯医者さんに「ちょっとうちのコピー考えて」と言われたことがあるんです。

小島　それはプロに対して失礼。

林　それから、地元に帰省して恩師と同級生に会ったときに、県のなんとか部長に引き合わされて「山梨県の産物の標語を新しく考えてくださいよ今、ここで」って頼まれたこともある。私、そのときはさすがに頭に来て、「あのね、私はこういうものを考えて、何十万、何百万ってお金をもらっている者です」って言ったの。本当はそんなにもらっていませんけど（笑）。

小島　そこは多めに（笑）。

林　「それを、いきなり来て、今、ここで作れって、そういうものじゃないと思いますよ。それは違うんじゃないですか」って言ったら、恩師も同級生も、「林、東京に行ってすごく気が強くなった。あんなに怒るなんて、変わった。あの純朴な優しい子はどこへ行った」って、すごいショックを受けたらしいです（笑）。

小島　その二人とも、働くということがわかっていないですよね。

林　わかってないでしょう？　私もそう思う。この前も、中園ミホさんと対談した時に「ついでに二人とも原稿用紙四枚ずつ何か書いてください」って言うからカーッと来ちゃって。「四枚書くのがどれほど大変かわかりますか。プロはしませんよ、そんな〝ついでに〟みたいなことを」って怒っちゃった。

小島　なんだそれは。とてつもなく失礼ですね。

林　そうなんですよ。でも、そういう人たちがいっぱいいる。お金で言っているわけじゃないんですよ。これは私の仕事のプライドがかかっているから言うんです。

マーキングする人生よりはマーキングされる人生に

小島　今すごい大スターになっているような人を、昔一緒に仕事をしたっていうだけで、呼び捨てにしたり、上から目線でしゃべり続ける人なんかも見ていてイヤなものですね。相手はひとかどのプロなんだから、昔から知っていようがちゃんと礼を尽くすべきだと思うのに、「おぉ、林ちゃん、元気？　最近売れてるよね」みたいな、もう四十年ぐらい前の関係を引きずっている。

林　いるいる。カメラマンの人に「二十年前に撮ったんだけど覚えていませんか」って言われたから「申し訳ないんですけど、ちょっと記憶になくて」って言ったら「ええっ、ひどいなぁ」って言われたときには、そんなぁ……って思った。

小島　一体、何人のカメラマンと仕事していると思っているんでしょうね。

林　あと、この前も「私、昔どこそこの出版社に勤めていたんですよ。だから林さんが『ルンルン』を出した頃、よく知っているんですよね」って言う人がいて。もう会った途端に、「自分のほうが上ですよ」ってマーキングするわけですよ。

小島　ああ、「駆け出しの頃、知ってるわよ」と。とっても嫌な感じ！（笑）。

林　「どうもお世話になりました」っていう、その一言を、こちらから引き出そうとしているのが見え見えで、もう嫌。

小島　そこを周りの人に見せたいんですよね。いや、みっともないですね、それは本当に。

林　いまだにそういうマーキングするのって信じられないけど、そういう方がたまに来るわけです。こちらも和気藹々《あいあい》とお仕事したいと思うのに、最初からおしっこ引っかける。ペッてマーキングするのね。

小島　マーキングってすごいわかる（笑）。私も以前、ある職場で、かつて職場で一緒になったことがある人が近づいてきて、「小島、元気？　なんか最近随分活躍しているね。私は、三人目妊娠したから」って突然言われたんです。これも唐突なマーキングですよね（笑）。

林　ひえぇ。フリーのアナウンサーって、でもまあ、ヒエラルキーがあると思うんですけど、その威嚇《いかく》の仕方はすごい。

小島　そんなこと滅多にないですけど、でもまあ、林さんのお言葉を借りると「人にマーキングしに行く人生」じゃなくてよかったなと。おしっこかけられる電柱のほうでよかったなって思うんですよ。

林　そうだよ。私たち電柱なんだよ。もういろんな人が、いろんな犬がかけに来るから（笑）。だから、どんなおしっこが来てもびくともしない、太い太い電柱にならないとね（笑）。

小島　太い電柱に（笑）。

林　先ほども言ったように、私は、あまり立場の弱い人、たとえば現場の人にガーッと怒っちゃうのは、すごく下品だと思うんですよ。だから、グッと我慢して、後でちっちゃい声で言ってみるとかね。人前でそういう人を傷つけたり、怒鳴ったりするような怒り方はよくない。

小島　意地悪な気持ちはよくないですよね。「傷つけて馬鹿にしてやろう」というのは。

でも、本当の怒りって、「私は、世界はこのようなところだと思っており、生きている上でこういうものが大事だと思うのだが、どうだろうか。あなたがやったことはそれに照らすと、私は納得がいかず、私が大事にしているものに対して踏みにじるような行為だったので怒っているのだが、それというのも、私が世界をこのように信じているからなんだが、どうであろうか」っていう、話し合いを切り出しているようなことだと思うんです。

そういう気持ちが根底にあって怒るのと、最初から「こいつ、なんかムカつくから完膚《かんぷ》なきまでに傷つけてやろう」というのとでは、さすがに怒られている側も、気持ちの違いがわかるんじゃないですかね。言葉が同じようにきつくなるにしてもね。

林　そう。だから、言い方も大事ですよね。たとえば、運転手さんに言うのでも、道を間違えられても「えー、どこへ行くつもりなんですか？　何々じゃない？」っていうような言い方をしないで、「運転手さん、こっちです」という、まっすぐな言い方をしようと思う。

小島　怒るって、みっともない自分をさらしちゃうことじゃないですか。私のように車載カメラを意識して自分で注釈入れながら怒ったとしてもね（笑）。だから、そのみっともなさは引き受けないとアンフェアだと思うんです。「あなたのためを思っている」とか「私はこんなこと言いたくないんだけど」みたいな言い方をするのは、違うだろうと。それは卑怯ですよね。

林　そうですね。アンフェアって、確かにそうかもしれない。みっともない姿を見せるんですものね。つい私なんて気取っちゃったりするから、そこは気をつけないと。すぐ人のせいにするのもやめよう（笑）。歳取るとさ、そうでなくても、なんかすぐ怒っているみたいに思われるんで、いつもにこやかに。

小島　そして、太い電柱になる、ですね（笑）。

V 傲慢

その場の主導権を握りたい「女優」の業の深さ

林　いよいよ「女の大罪」も五章目ですね。今度の大罪は「傲慢」です。何をもって傲慢と言うのか、これは難しいですよね。私自身は傲慢ではないつもりなんだけど、謂れなき失礼を受けると「私を誰だと思ってるの？」と思うときがあって、それって傲慢だったかなと省みる、なんていうこともあるんですよ。

小島　おお、そうなんですね。私の場合は「私を誰だと思ってるの」って思いたいけど、まだそこまでの実績がないのが悔しい（笑）。

林　いやいや、そこはなんて言うのかな、私がそんなふうに思うのは、たとえば同じ業界にいて、業界の最低限の約束事は理解しているはずの編集者なんかに対してですよ。「あんた、出版社に勤めているくせに、いったいなんなのこの態度」って思うようなとき。

小島　そういうケース、結構あるんですか。

林　ありますよ。ムカつくこといっぱいされる。

小島　今もですか。林さんが？

林　今もですよ。たとえば基本的なことなんだけど、若い社員がちゃんと挨拶できないとかそういうことですよね。失礼な態度って言うんじゃないな、もっと基本的な「やるべきこと」をやっていない場面に遭遇することがよくあるんです。だから、ついつい「ちゃんとやるべきことをやりなさい」というようなことを言いたくなるんです。

小島　それは傲慢ではないですよね。大人としての然《しか》るべき態度なんじゃないですか。

林　そうかもしれない。確かに私たちの傲慢なんて、そう考えるとかわいいものですね。やはり女優さんなんかとはスケールが違いますよね。

小島　女優さんね。よく言われますけど、みんなそうなのかな。

林　と、テレビ局の人は言っていましたけどね（笑）。

小島　私は女優さんに知り合いがいないのでわからないんですけど……あ、でも、傲慢と言うか、先日「その場の主導権を握りたい」という意識が強烈に強い女優さんに一人お会いしました。そのときのことを思い出すと……そうですね、ちょっとそれはわかるような気がしますね。

林　誰だったの？（笑）

小島　いやいや、それは後でこっそり（笑）。

林　私も強烈な体験したことありますよ。昔ある女優さんと対談でホテルに行ったら、ロビーで知り合いの映画監督さんにお会いしたの。で「今日はどうしたの」って訊かれたから、「○○さんと上で対談です」って言ったら、その女優さんのことも監督ご存じだったので、「後で行くよ」とおっしゃって、本当に私たちの部屋に来られたんです。

そして「今日、僕のイベントがあるから、よかったら後で来てちょっと顔出してよ。舞台でなんか言って」っておっしゃるから、私は「ああいいですよ、私でよかったら」って言ったら、彼女も「ああ、面白そう。行く」って言ったんです。「じゃあ、二人で行こうね」っておっしゃったので、そのつもりでいて、ひとまず対談が終わったのでその部屋を出たんです。

ところが、私、忘れ物をしちゃったので部屋に戻ったら、その女優さんがまだいらして、ものすごい剣幕でマネージャーさんに蹴り入れてるの。「お前がなんで断らないんだ！　馬鹿野郎！」って。私、そのときにもうびっくりしちゃいましたね。

小島　それはすごい場面ですね。女優さんって結局、その場の主役にならないといけないという責任感が強い方たちなのかなとは思うんですよね。でもさすがに、私も先ほどお話しした女優さんにインタビューしていて、彼女の思惑通りに取材や撮影が進まないとごねるという場面に遭遇してとてもびっくりしたんです。そういう状況って生まれて初めてだったもので。
彼女の場合は、そういうふうにまぜっ返して、ひっくり返して、全員が凍りついて、自分のところに「すみませんでした」って来る状況をつくっていないと、やっぱり板の上に乗っている気がしない人なんでしょうね。それでやってきたなら、しょうがないだろうと思って。

林　なるほどね。

小島　だから「もう別の生き物だと思おう」と決めたんです。まあ翌日、ショックで熱が出たんですけどね（笑）。実はその女優さんとは、以前から面識はあったんです。普段は超チャーミングな方なんですけど、やはり女優として会ってしまうとそうなっちゃうんでしょうね。これも、ある種の業なんですかね。

売れっ子作家に見る傍若無人ぶり

林　そんなことがあったんですね。でもまあ、考えてみたら、女優に限らず、作家でも傲慢な人はいますよ。

小島　そうなんですか。

林　私はちゃんと皆さんに親切にしますよ（笑）。とはいえ過去の自分を振り返ると、若いときって何をやっても偉そうに見えるから、傲慢に見えたこともあるかもしれない。私も二十八歳のときにデビューしてちょっと売れ出した頃って、別に誰かに意地悪とかはしてないし、普通に発言しているつもりだったけれども、傲慢には見えただろうなあ……と、今になってみると思うことはあります。

小島　若者は叩かれがちですけど、目上の人が期待するような女の子像、あるいは男の子像からずれていると、「傲慢だ、思いあがっている」って言われるんですよね。それは単に大人が気に食わないだけではという気がします。そっちの方が傲慢というか……。

林　結局、自分がすごく立場が上なんだっていうことを、みんなに知らしめようとする態度のことなんでしょうね。

小島　ふむふむ、「自分が上」だと知らしめる。そうですね。

林　ああそう言えば、もうひとつ強烈な思い出がある！　その昔、私がまだ、小説なんて書いたか書いていないかの頃ですよ。角川映画の撮影現場を見に行ったんです。そうしたら、向こうから、その映画の原作者である売れっ子作家先生が、おつきの編集者を数人連れて入って来られたんです。「え、すごい。売れっ子作家ってこんなにすごいのか？」なんて思って見ていたら、周りも「あ、先生いらっしゃいました！」って、みんな、ハハーッて下にも置かぬ感じになって、それはそれは大変な威厳だったんですよ。

そして、その後、その先生も一緒に、みんなで中華料理を食べに行ったんだけど、その席で誰かが「北京ダック食べたいなあ」って言ったんです。そうしたら、その先生、「あたしがちょっと書いてやりゃいいことでしょ。頼みなさい」っておっしゃったんですよ。

小島 なんと！（笑）

林 自分が一回書けば済む話だから、値段なんか気にしないで頼みなさいっていうことですよね。

小島 それは、さすがに下品ですね。

林 私、もう圧倒されちゃって「うわぁ、すっごい」と思ったのを覚えてる。

小島 嫌な感じだなあ（笑）。

林 そのときには「傲慢だな」と思いましたよ。そして「傲慢」って、「あ、自分の力をすごいと信じて、自分が言えば、どんなことでも叶うと思っていることなんだな」ってつくづく思ったんですよ。

小島 その見せびらかす感じが嫌ですね。しかも、お金や儲けに直結させるあたりが。……でも、私も息子たちにそういうことを言っているかもしれない。彼らがすっごくくだらないおもちゃを欲しがったりすると「それいくら？　なに八十ドル？　高いよ！　ママのエッセイ何文字分だよ!?」なんて言っちゃうんです（笑）。「目の下にクマをつくって、シワを増やしながら、『もう書けない！』って一生懸命書いている、あの下手くそなエッセイ何文字分が、君のその、たぶん三日で飽きちゃうおもちゃになるんだね。うう悲しい」なんて恩着せがましく言っちゃう。

林　まあ、教育としてお金の価値を教えるのは大切なことだと思いますけど。

英語が話せたら私のほうがずっと頭がいい

小島　お話ししていて思い出したんですけど、オーストラリアに行ってすぐの頃、私も日本ではなかなか傲慢だったんだなと思い知らされました。

林　え、小島さんが？

小島　はい。オーストラリアに行くと、私、当たり前ですけど現地では無職で無名で、しかも言葉もうまくできないただの中年女なわけです。買い物に行ってレジとかで「今日はいい天気ね」みたいなことを言われて「そうね」なんて世間話していても、急に向こうがベラベラしゃべり始めると、途中からわからなくなったりするわけですよ。あと注文取りに来た人が、私が聞き直したりすると、「この女、英語できないな」って態度を取ったりするんですね。

そのたびに、「私がもし英語をしゃべれたら、お前の百倍、話が面白いはず」とか、「私が英語さえできれば、お前なんかの千倍頭がいいことを思い知らせてやれるはず」とか思うわけです。テレビで現地の記者が朝のレポートをしていたりするのを見ては、「ああ、英語ができたら私、これの十倍うまいレポートができるのに」とすら思う。

つまり私は日本にいるとき、どれだけ自分を大した人間だと思っているのかということですよ（笑）。人としゃべっているときに、「私のほうがこの人よりも話が面白くて当たり前」とか「私のほうが、この人より頭がよくて当たり前」って、相当思っていたんだなということが、向こうへ行って自由にしゃべれない環境に身を置くことで初めて露呈しました（笑）。

林　でも、それは傲慢ではなく、本当にそうだと思うよ。英語をしゃべれたら、小島さんはもっとすごいと思う。もうやっちゃいなよ、ガンガン。

小島　いや、だから英語はできないんですよ。

林　向こうでもしゃべっちゃえばいいんだよ。

小島　いやいや、私は思うようにしゃべれないので、だから悔しいんですよ。ところが、その「悔しい」っていう気持ちよりも、「私は頭がいいはずなのに、馬鹿扱いされるのが納得いかない」とか「お前が気を利かせたつもりで言っている、その世間話の十倍面白い話を私だったらできるのに、なんでそのお前のイマイチな冗談に私がこんなにアハハとか、力なく笑わなくちゃいけないんだ」みたいなことを思ってしまうんです。

どんだけあたし、自分を高く見積もっているんだ？　っていうのをですね、向こうに行って思い知ったということです。恐ろしい。

林　でも、それも何だかおかしい（笑）。まだ罪がないですよね。むしろ、その気持ちをバネに、これからしゃべれるようになったら鬼に金棒ですよ。すごいわ。そのうちABC放送とかで「ハハン」とかやっているんじゃないの？（笑）

傲慢にならないために神が与えたもうたもの？

小島　それはどうにも無理です。私、「色欲」の章で、夫に「神は君を最悪な女にしないために大きな乳を与えなかった」と言われたという話をしましたが、英語も同じだと思うんです。英語の能力とおっぱいがないのは、たぶん神様が、私の傲慢を戒めようとしてのことだと思うんですよ。

林　そうか。そう考えると私の場合も、あの夫は私がこれ以上傲慢な人間にならないようにってことなのかもしれない。

小島　傲慢にならないように与えられた夫、ですか（笑）。

林　そうそう。でも乳なんて、そんなにコンプレックスだったなら手術すればよかったのに。叶姉妹みたいに、ボーンとした感じに。自分のお腹の肉でもできるみたいって聞いたことあるけど。

小島　ちょっと考えたことはあります。

林　そうなんだ。

小島　実際若い頃、駅の階段で、こう、スイカみたいなおっぱいしたおばあちゃんとすれ違ったりすると、「おばあちゃん、それ、もう要らないんだろうから、片方くれたら、私使うのに」くらいに思ったこともあります。

林　じゃあ、ひと頃騒がれた、あのスイカップのキャスターの古瀬絵理さんとか嫌いだったでしょう？

小島　ああ、古瀬さん。羨ましいですよ。なんて言うんですか、寝るときに何かが腕に乗る感覚とかわからないですよ。うつぶせになったときに何かがはみだすとか、そういう感覚が。

林　でも、そんなに欲しいかな。

小島　いや、めっちゃめちゃ羨ましいです。洋服着て谷間ができるとか。

林　いいじゃないですか。この美しい顔と聡明な頭を持っているだけで。これ以上何を望むんですか。

小島　いやしかしですよ、それを言うならばです。「色欲」の章で出たあの話題、「もう何ならこの人と朝まで色欲三昧に身を投じてみようか」みたいなときに、何が私を思いとどまらせるかと言えば、乳なわけですよ。

林　そうなんだ。私は腹に貞操帯を巻いているよ（笑）。

小島　腹に貞操帯！（笑）

林　はい。よく言っております。だから私、いつも『FRIDAY』とかに出ている女の人の写真を見るたびに、「こういう体していたら、淫乱になるのしょうがないよ。誰が咎めることができるだろうか」って思っちゃう。

小島　本当ですよ。だから私のこの乳は神が与えたもうた傲慢と色欲を戒めるための何かなんですよ。ほら、あの孫悟空の輪っかみたいに（笑）。

林　私もあの夫相手に悔しい思いをしてさ。でも、それが傲慢を思いとどまらせることになっているのかもね。

小島　林さんは今のお連れ合いと出会われる前、どういう人と結婚したいと思っていらっしゃったんですか。

林　私は割とコンサバな人がいいと思ってたんだよね。たとえば、マスコミ関係のちょっとチャラい人とは嫌だなあと思ってたわけ。

小島　じゃあ、理想通りのお相手じゃないですか。
林　それはそうなんだけど。でもね、みんなが言うのは「お宅の旦那が威張るのは、後ろめたいことが何もないからだ」って。
小島　ああ、それはそうですね。
林　だからさ、たとえばテレビ局の人なんかと結婚したら、浮気されるじゃない。
小島　そうですね。
林　もう浮気なんか当然だよね。私、昔すごく好きだったテレビ局勤務の男の人がいたんだけど、その人と話してたら、五十代のくせに「二十代と三十代のセフレがいる」って言ってたよ。
小島　えーっ、なんだそれ。でもそうですよね。林さん、そういうことがないと信じられたから、結婚されたんですよ、きっと。優しいけど浮気するような男よりは、いいかもしれないじゃないですか。
林　いやあ、私は多少後ろめたいことがあっても、優しい人のほうがいいかも。
小島　本当ですか（笑）。
林　浮気されるって、そんなに腹が立つかなあ。
小島　うーん、するしないよりも、私は、浮気はばらさないでほしいですね。ばらす雑さが許せない。

林　お宅のご主人、素敵ですよね。以前、うちの前のマンションに住んでいらしたからお会いしたことあるけど。

小島　いやいや兵馬俑《へいばよう》に似てますけどね。ただ時々、私も夢想しますよ。私がこうやって日本に必死に出稼ぎに来ているときに、もしや、夫がワーホリ（ワーキング・ホリデー）とかで来てる二十代の女と……とか。

林　ワーホリ！（笑）現地の人じゃなくね。

小島　そう。あと駐在員妻と泥沼不倫してたら……とか妄想して「許せない」と思ったり（笑）。

林　いや、そのワーホリはありそうだよね。「え、小島慶子さんの旦那さんですか。私、奥様のすっごいファンだったんです」とか、「今度、お留守のとき、ちょっと部屋見てみたいなぁ、書斎」とか言って近づいてくるような若い女ね。そうしたら旦那さんも「いいよ、来なよ、来なよ」なんて言って。

小島　嫌ですね。

林　ヘアピン落ちてた、とかね。

小島　えー、もう嫌だ！　そんなの。そのヘアピンを片付けていないところが嫌だ。女が帰った後で、もう必死でダイソンで隅から隅まで吸い取って、ものすごく怯《おび》えながら暮らしているならまだ許しますよ。だけど、ヘアピンを見落とすその雑さが許せない！

林　ああ、なるほどね。

小島　その女と逢引《あいびき》をするときには、たぶんいろんな姑息な嘘とか段取りをしたはずなのに、その同じエナジーを、私に対してばらさないようにする工作に割かなかった、その消費エナジー量の少なさが許せない、もう。心を病むくらい怯えててほしい。浮気したこと自体よりも、そっちのことのほうに腹が立ちますね。

林　ああ、女心は難しいね。そうか、そっちか。

小島　私にばらさないんだったら浮気してくれてもいいわ。

林　私もそれで構わない。それで優しくしてくれるんだったらOK。

小島　そうですか。優しければ。何だか話が「傲慢」から随分それてしまいましたが（笑）。

林　ついつい興奮しちゃいましたね。でも、まあ、そういういろいろなものが、私たちの傲慢が一線を越えないように押しとどめてくれているのだと考えることにしましょう。

小島　そうですね（笑）。

変に謙虚な人に要注意！

林　その「傲慢」に立ち戻って言えば、常々思うんだけど、一見、変に謙虚な人っているじゃない？「私なんか何もできなくて……、じゃあお茶注ぎます。なんとかかんとか」なんて言う人。あれって逆にどうなんだろうという気がしてしまうのね。

小島　謙虚さってときに暴力になりますよね。

林　ああ、確かにそういうことね。

小島　「小島さん、今日のお衣装、よくお似合いで素敵ですね。私なんて全然……」とか言うから「いえ、あなたも素敵ですよ」って言うと、「本当に、本当に小島さんのほうが素敵で」「いや、そんなそんな」っていう繰り返しになって、なんだか結果として私が傲慢に見えるこの仕掛けは何？　ってことがあります。なんかこう、自分の足元を下げていくことで、結果、見た目上、相手がすごい高みに立っているように見えるところに追い込んでいく。攻撃的に卑下する人っていませんか。

林　わかる気がする。それでさ、「私なんかつまらないし、なんとかかんとか」って言いながら、おいしいものを、ちゃっかり取っていくんですよ。

小島　忌々《いまいま》しい。それは本当に忌々しい（笑）。

林　そういう人って、陰でグチャグチャ悪口言うんだよね。

小島　そう、なんかね、湿ってるんですよ。何かが湿ってる。

林　自分の不幸を必ず言うわけ。ちゃんと仕事している人なのに「いやあ、もうね、私、子どものとき、貧乏だったし」とかね、「靴を買ってもらえなくてどうたらこうたらだし、今は親はボケてるし、子どもは出来悪いし、私なんか仕事したって、どうたらこうたら」みたいなことを言うのよ。

小島　それは、なんて言ってほしいんですかね。「そんなことないよ」ですか。

林　「そんなことないよ」って言ってほしいの。

小島　その下心が見えると「絶対言うもんか」って思いますよね（笑）。

「美人ですけど、何か？」も「私なんかブスで」も感じが悪い

林　結局、思い上がったり、実は人を見下していたり……みたいなところが、わかりやすい形でも、湿った形でも見えると、嫌な気持ちにさせられますよね。

ところで前にもチラッと話が出ましたけど、最近「美人すぎるナントカ」っていう人が多いと思いませんか。「美人が少ない業界においては、かなり美人」、ということなのだと思うんだけど。たとえば「美人すぎる作家」とか「美人すぎる科学者」とか。

小島　よく使われるフレーズですね。

林　でも、これってどうなんでしょう。言外に込められた思いって何なのか。

小島　「すぎる」っていうのがね。

林　本業以外のところで目立とうとしているという、ある種の傲慢さに対する周囲の批判めいた見方なのか、単純に賞賛なのか。「美人すぎる」という言葉の裏には、暗に「実力とは関係のないところで、色仕掛けで勝負しようという魂胆が見える」という意味が含まれている気もしますし。その辺り、アナウンサーはどうですか？　アナウンサーは「美人」前提なので、「美人すぎる」とは言われないだろうけど、アナウンス能力より容姿を売りにしよう！　なんて頑張るものなんですか。

小島　アナウンサーの場合は、私もそうでしたが、基本的に「客観的に見て自分は人より美人の部類に入るから、アナウンサーになれるんじゃないか？」と思う人間しか、試験は受けませんよね。むしろそれを、それこそ傲慢だと思われないように、いかに隠すかということに必死になります。

林　ああ、なるほどね。

小島　よっぽどぼんやりしていなければ、テレビに映る仕事で、容姿が採用基準の一つだということには気づきますから。それと自分がこれまで、たとえば周りの人から容姿に関してどういう評価を受けてきたかということも考え合わせて、「それならばチャレンジしてみようか」と思う作業を経ないと試験会場には行けないと思うんです

（笑）。

林　それはそうですよね。

小島　だから「いや、そんなに出たくはなかったんですけど、ちょっと誘われて人数合わせでミスコンに出てしまったら、たまたま優勝してしまいました」とか、「全然マスコミには興味なかったんですけど、友達のつき合いで受けたら、なぜか女子アナになっちゃいました」とか、いかに自分が無欲であるかということのエクスキューズに燃えてしまって、それをやりすぎてかえって叩かれる。そちらの苦しみのような気がしますね。

林　ああ、その辺の兼ね合いが難しいですよね。どっちに転んでも傲慢に聞こえなくもない。

小島　そうなんです。「美人ですけど、何か？」と言うと感じ悪いし、「私なんてブスだし、全然ダメです」と言えば、それはそれで嘘くさいし。

チャラくないことを強迫観念的に言い訳していた

林　だから女子アナでよくあるのが、アナウンサーを志望した理由に「子どもに英語を教えたかった」「子どもに朗読をしたかった」って、必ず「子ども」って言う人。

じゃあフリーになったときにしているかって言ったらしていないんだよね（笑）。でもこれが逆に、おっしゃるように「私、美人ですけど何か？」という振る舞いだと嫌われるしね。難しいと思います。

小島　まあ、中には本当に「親が可愛いねって言ってくれるけど、それよりも本当にものを読むのが好きで」という人もいるので、全員が全員ではないんですけど、でも、やはりミスコン歴があったりすると、「お前、ミスコン出てたってことは、自分がイケてるって思ってたんだろう？」ってツッコまれるポイントなので、それをどうかわすかですよね。

林　でも近頃は、ミス慶應とかミス上智とかに出場する子たちって、もう最初から殆どアナウンサー志望ですよね。

小島　だから、今の人は昔ほど屈折がないと思うんですよ。女子アナ自体がタレントと同等な認知のされ方をしているし、テレビ局も自分の会社の女子アナをそういうふうに扱うようになったので。私の世代くらいまでは、まだ一会社員、一職人として「容姿なんかよりも中身で勝負しろ」という建前が一応あったし、世間からの「タレントぶるな」という要求も今よりは強かったので、いかに自分がチャラくないかを言わなければいけないという気持ちが強迫的に強かったんです。

でも、そうなればなるほど「そんなに言い訳したいのは、やはり何か邪《よこしま》な野心があるからか」と言いたくなる人の気持ちもわかったりして（笑）。本当に難しいです。作家さんはどうなんですか？「自分はずっとスター作家を目指していました」とか言うことに、「そんなこと品がないから言うもんじゃない」という圧力はあったんですか？

林　でも、そうだとしても、作家になるには、何百枚か書いて、新人賞をかいくぐらなきゃいけないからね。「偶然なりました」って言っても、そこに至るまでにはその努力があったわけで。

小島　そうですね。「自分には野心があって、どうしても執着しているものがあって、努力してそれを手に入れました」と言うほうが健全ですね。実力勝負ですから。

容姿に対する自意識は両極の方向に分かれやすい

林　この間、タレントさんがジョークで自分を「処女作執筆中の作家です」って言ってたんですけど、そのジョークは二十数年前本気で使われていたんです。前にも言いましたけど、芸能界の人って、本を二冊くらいは書くんだけど、そのあと続かないんですよ。又吉さんはどうかわからないけど。

それは本当につらいからです。テレビ一回のギャラと、本一冊書いた印税とが同じくらいだったら、テレビに一回出たほうがいい。とはいえ、私たち作家は文化人枠のギャラだから、テレビに出てもそんなにいただけないじゃないですか。「だったら、まだ本を書いているほうがいいや」と、みんな気づいてきたみたい。

小島　二冊目以降書かないというのは、たぶん表現したいものがないということですよね。そこまで作家に執着して生きていかなくても……と思ったのかな。どんな分野でも、本業以外で何かを始めた人って、問われるのはそこなんですかね。ところで本業以外と言えば、ああいう人どうなんでしょうか。ジョージ・クルーニーの妻で弁護士のアマル・クルーニー。弁護士ですが、今ではハリウッドセレブです。

林　いやあ、私はあの人嫌い。だって、何かすごく決めてレッドカーペット歩いていくじゃない？　で、いかにも「私はその辺の女優とは違うのよ」という感じで。「ほら見て、この頭脳を持ちながら、そこら辺の女優よりずっときれいじゃない？」って思っているのが見え見えなんですよ。思ってないなら、奥さんとしてもっと地味な格好で出るか、あるいは出ないかにすればいいのにさ。もう決め決めのドレスで。すごくないですか。

小島　ただ、じゃあジョージ・クルーニーが、国際派の人権弁護士ではあるけれども、全然華のない女性と結婚したら、ファンの心理としてはどうなんでしょうねぇ。

林　それはそれで、確かに寂しいかもしれない。

小島　見た目ってすごく扱いが厄介なんだろうなと思うのは、「そうよ、私、頭もいい上に見た目もいいのよ。どうだ」って言って他を圧倒してしまう人もいれば、なるべく封印しようとする人もいる、その極端な感じがあるところですよね。私の知人にとても美しい弁護士さんがいて、その方、メディアに出始めの頃は割と美人推しだったんですけど、最近は敢えて方向転換なのか、すっぴんにメガネかけて地味にしていらっしゃるんですよ。お仕事の上でも美人って面倒なことなのかなと思って。

林　でも、あのテレビに出ている大渕愛子さんって弁護士さん、可愛いじゃない。

小島　ああ、大渕さん。金山一彦さんとご結婚された方ですね。愛くるしいお顔立ちの。

林　ごく自然にタレントとしても行けてそうな感じがするけど。

小島　そうですね。自分の容姿を意識しすぎると、何だか自慢げに見えてしまうんでしょうけど、執着なく「あ、そうなんだよね。私かわいいんだよね」くらいに扱えると、傲慢には見えず、自然体に見えるのかも。「見た目がいいことなんか全く気づいていないフリをしよう」と思えば思うほど、傲慢に映るのかもしれない。

林　そっちの方向に行くと、必ず叩かれますよね。私、何かあの人好きだな。男選びも他と違う方向にスッと抜けているし。

傲慢であるならば、せめて己の力で勝負せよ

小島　私、ある先輩に、五十センチの距離で挨拶をして、一切返してもらえなかったことがあるんです。五十センチですよ。「おはようございます」って言ったのに対して。

林　それは、すごいね。

小島　たった五十センチの近さで、完全無視とはどういうことなのか。しかも、この衆人環視の中で。

林　大奥みたい。

小島　でも、そのときに思ったんです。この人は嫌いな後輩を無視するところを周囲の人に見られてもいいと考えているんだから、これは何かの覚悟があってやっていることなんだろうと。この人の流儀であり、プロフェッショナルとしてのスタイルなんだなと。もうあの人には私の声の周波数はたぶん聞こえないんだろう、コウモリみたいな、何か違う耳を持っていて私の挨拶は聞こえないんだなと思うことにしようと思ったんですけど、やっぱりその瞬間はなんて傲慢な人なんだとびっくりしましたね。

林　確かに。それはそうだよね。

小島　ただその方の仕事人としての技量が、突っ込みどころがないくらい完璧なんですよ。そうすると、いくら「傲慢だ、許せない。あのクソ女」と思っても「でも仕事

はできるしな」と一目おかざるを得ないんです。だから無視してもいいわけじゃないんですけどね、もちろん。

しかも彼女は、陰でなく、人に見えるところでやっているので、当人にとってはあれは嫌がらせではなく制裁なんですよね。もうあれは彼女の正義なんだなと。そこまで行けば、むしろ天晴《あっぱ》れだなと呆れました。歴としたハラスメントだけど。

林　そうね。だからそういう自分の力で傲慢になっている人というのは、まだ許せるんですよ。スタイルだとか、覚悟だと言えなくもない。だけど、たとえば夫の力で傲慢な女とかいませんか。

小島　ああ、それは嫌ですね。

林　夫の肩書を自分の肩書だと思っている人。私、以前、省庁の次官という人をオペラの席で紹介されたの。そうしたら、その方が「あ、君、君」って奥様を呼ばれて「こちら林さんだよ」と紹介してくださったんです。そうしたら、その奥様が「私、テレビ見ないから、知りません」って言ったんですよ。

小島　えーっ！　感じ悪い！

林　でしょう？

小島　作家に対して「テレビ見ないから」というのも失礼。せめて「本を読まないから」と言え。

林　まあ、人を紹介されて「初めまして」と挨拶をし、「どこかで見た顔だな」と思ったか思わないか知らないけれども、たとえ特に知らなくても、気に食わなくても、その態度はないでしょうってことですよね。「知りません」って普通の常識で言うっていうことがすごいなと思って。次官夫人なのに。

小島　それが許される世界で生きているんですね。

林　すごいですよ。そこまで傲慢な態度で生きて行くなら、せめて自分の力で勝負しないとね。

小島　そうですね。それが傲慢に生きる場合の最低限の条件ですよね。

VI 暴食

「暴食」をもっと楽しみたかった

林　次のテーマは「暴食」ですね。小島さんは暴食なんてしたことないでしょう?

小島　と言うより、私はむしろずっと摂食障害で過食嘔吐《おうと》だったんです。三十歳くらいまで。

林　ええっ!? あ、でも、そう言えば、お母さまとのご関係のこと、本に書いていらっしゃいましたよね。

小島　そうなんです。ですから二十代は、食べたか食べていないかと言えば、明らかに馬鹿みたいに食べていました。とにかく勧められるままに、どこまでも食べてしまうんです。だけど、どんなにおいしいものでも、その後で必ず吐いてしまう。だから食に関して、「ああ、食べ過ぎちゃったな。でも、楽しかったな」という楽しみ方ができなかったのが残念だな、もっと楽しく暴食をしたかったなと、それは今でも思いますね。

林　そのときは今よりも痩せてた?

小島 浮腫《むく》んでいましたね。いわゆるおデブさんじゃなかったんですけど、やっぱり、健康的とは言えないので、顔もパンパンに浮腫んでいたんです。十八歳から三十歳までずっとそんな状態で。

林 えーっ、と言うことは、アナウンサーになってからもですか。

小島 ずっとそうでした。

林 じゃあ、テレビに映ったときに「ちょっと顔浮腫んでるね」なんて言われたりしませんでしたか。

小島 よく言われていましたよ。で、そう言われると「ハッ、いけない」と思って、またそれがストレスになって食べちゃう……という悪循環でした。

林 ストレスって大きいよね。私もデビューしてしばらくは、ちょっと異様な太り方になったことがあって、今、当時の写真を見ると、お相撲さんみたいに太っているんだよね。やっぱり、すごいストレスだったんだと思います。

小島 それで、つい食べ過ぎちゃったということですか。

林 うん。たぶん、急に有名になったストレスとかがあって、ものすごく心が蝕《むしば》まれていたのかもしれない。そして、太るとまた「デブ」とか、いろいろ言われて、「痩せなきゃ」と思う。そう思う気持ちがまたストレスになる。

小島 ああ、そうだったんですね……。じゃあ、心境としては近いものがあったかもしれませんね。

林　あったかもしれない。

小島　やっぱり、人前に出て、いろいろ言われている自分を、常に見せつけられるというのも、それまでの日常生活になかったことですから、なかなかしんどかったですよね。

林　そうなんですよ。昔は、今みたいにネットはなかったけど、週刊誌に、いろいろ意地悪く書かれたりしたので、そのせいだと思うんだよね。人が自分をどう見ているかとか、そういうことばかり気にしていた気がします。

小島　やっぱり気になりますよね。そうそう、周りの人たちは「気にしなくていいんだよ」なんて言ってくれるけど、「そんなこと言うなら自分が書かれてみろ、気になるに決まってるわ！」とか思って（笑）。

林　でも、小島さんなんて、美人アナウンサーとしてやってきたわけだから、堂々としていたらいいのに。

小島　いや、世間的に見てどうかはともかく、当時は社内のことばかり気にしちゃってました。私は一九九五年入社なんですけど、その当時はまだネットも今ほど普及していなかったので、視聴者からハガキで意見が来たりするんです。そうすると、結構傷ついたりもして。

でも、それよりも同期が女性三人だったので、彼女たちと比較される、その社内の評判を気にしていましたね。人気者の二人に対して、なんか面倒くさい感じの小島って言われているんだなって。

林　へえ、それは意外ですね。そうだったんだ。

小島　そんなこと、今思えば気にしなくてもよかったんですけどね。

大人だってとことん飲みかつ喰らう

林　そういう悩みがあったとは、大変でしたね。最近、私は、さすがに当時のような悩みからは解放されていますけど、お酒飲んで帰ってきたときに、絶対食べちゃいけないチョコだとか、あんまんだとかを食べることがよくあって。小島さん、そういうこと、ないですか。

小島　そうですねぇ、今は胃袋がもたないですけど（笑）、三十代前半くらいまでは、ありました、ありました。

林　夜は太るというのはわかっているんですよ。でもね、暴飲暴食する快楽ってあるでしょう。

小島　私、暴飲したいです。と言うのも「半分下戸《げこ》」なんですよ。父が下戸で、私もその体質を少し受け継いでいるらしく、だからお酒自体は好きなのに、分解能力に限界があってですね、いわゆる「痛飲する」なんていうことが、できないんですね。

林　あらあ、それは残念。そうなんですね。

小島　だから「いやあ、昨日はみんなでワイン何本空けちゃってね、明け方までベロンベロンで」っていう話を聞いたりすると、羨ましくてですね。そういう、自分を見失うまでみんなと飲み明かす……なんていうのに憧れます。

林　でも飲みかつ喰らうとなると、これまたすごいことになるよね。この前もあるお店に何人かで行ったんですけどね、そこ、一人三万円で、ものすごい量のお肉料理が出てくるんです。まずタンのしゃぶしゃぶが出て、その後に一般的なしゃぶしゃぶが出て、さらにその後にすき焼きが出てくる。もう永遠に食べ続けるんです。しかもワインの持ち込みができるので、五人で三、四本持ち寄って。

小島　すごいですね。

林　私これまでそこに五回行ったんだけど、そのうち三回吐いて、次の日倒れちゃったんです。

小島　それは……、皆さん、どれだけ飲むんですか（笑）。

林　ほんと、いい大人が集まってどれだけ飲んでるのかっていう。でも、そこだと異様な食べ方、飲み方しちゃうんだよね。

小島 林さん、酔っぱらうとどうなっちゃうんですか。
林 陽気になるの。
小島 じゃあ、楽しいお酒です。楽しいお酒ですね。
林 楽しいお酒です。そんなに人に絡んだりしない。
小島 アハハハハ。
林 若い頃は、ワーッとか泣いて、男の子の気を引こうとしたこともあったけどさ。引けなかったの、全然。本当にみっともないことをしました（笑）。
小島 （笑）そうか、飲むと陽気になるんですね。いいですね。私はそこまで飲めないので、自分がどういうタイプとも言えないのですが、どっちかって言うと、たぶん絡み酒だと思います。
林 ああ、そうなんだ。
小島 なんかこうちょっとアルコールが入ると、酔っぱらっている人たちに対してものすごく冷静になってですね、片端から「あの人は、酔っぱらってああなってる、この人は酔っぱらってこんなこと言ってる」って、意地悪な心が湧いてきて、突っ込みたくなるんですね。夫と二人でご飯を食べてて、夫が楽しく酔っぱらっていても、何か知ったかぶりをされると「ええ？　そんな経験もないこと、なんで知ったかぶりするの？」などと冷や水を浴びせるようなことを言っていたことを覚えているので、後から「ああ、やっぱり、あまり飲まないほうがよかったんだな」と思ったことがあります。

林　ああ、そうだよね。私もダイエットでお酒を飲まないときがあるんだけど、そうすると飲んでいる夫は「シラフでこっちを見られているのがすごく嫌だ」って言うんだよね。

小島　ああ、相手が一緒に酔っぱらわないと、飲んでる人は楽しくないんですよね。

林　うん、そうみたい。とは言えですよ、うちは、もう夫がグダグダ、グダグダ飲むのが頭に来ちゃうの。

小島　そう言えばお食事が「長い」っておっしゃっていましたよね。

林　食事も長いし、ビールや日本酒を長々と飲んだ挙句、さらにワインも一本飲まなきゃ嫌なわけ。

小島　お強いんですね。

林　で、私はまた夫にあんまり酔われるのも嫌だから、飲みたくないのに一緒に飲んじゃうの。でもほとんど夫が飲んで一本空けちゃう。夫は「高いのじゃなくていい」って言うから、とっても安いワインで。そんなもんで酔うのって、どう思います？

小島　いや、それはいいじゃないですか！（笑）。

この歳になってようやく体験できる名店の味

林　そうやって飲みたくもないのにつき合うのは大変ですよ。でも痩せている人を見ると、そういうふうに誰かにつき合って食べるとか、「あ、おいしそうだから食べよう」と衝動的に何かを食べるとか、そういうことを絶対しないね。たとえば、どこかへ行ったときに、串焼き売ってたり、おばさんが団扇《うちわ》でパタパタ煽《あお》ぎながらサザエのつぼ焼きを売ってたりしたら、私、ああいうの買わずにはいられないんだけど、痩せてる人って、そういうことしないよね。

小島　アハハ、林さん、そうなんですね（笑）。

林　そうそう、ちくわとかさ。

小島　ちくわ！（笑）

林　でも、痩せている人は絶対興味を持たない。

小島　興味がなくて食べない人もいるのかもしれないですけど、私の場合はですね、過食嘔吐の時代は別として、実はもともと食が細いんですね。

林　羨ましい……。

小島　いや、細いっていうか、一日に食べられる量がそんなにないので、そうすると、体の中に入れるものを厳選して、最も納得したものを入れたい、ってなるんですね。

林　そういうのが一番賢いと思うの。

小島　ちょっと残念ですけどね。だから、つまみ食いで楽しむとか、みんなでシェアして何品も楽しむとかっていうのが、こう、だんだん胃のほうが疲れてきちゃってできないんです。うっかりしたもので埋めてしまうと、本当に食べたいものが食べられなくなって。だから、コースで頼むときも、前菜にボリュームがあると、たぶんメインが入らなくなるから、「メインと前菜、どっちを自分は本当に食べたいんだ？」と考えながら塩梅《あんばい》しないといけなくて。もっと大らかに食べてみたいものを全部頼むっていうことをやりたい。

林　ああ、そうなんだ。私なんか、結構いろんな味を見たいから、残してもいいから頼みたいと思っちゃいますけどね。

小島　そうですよね、ちょっとずつ食べてね（笑）。

林　秋元康さんに連れていってもらった中華料理屋さんなんて四十種類くらいお皿が出るんだよ。

小島　え、すごいですね。満漢全席のような（笑）。

林　そう、すごいの。でね、その秋元さんとこの前、「食」についてのシンポジウムで話したんだけど、あの人、忙しい中、「あそこに食べに行こう」「これ食べに行こう」

って誘ってくれたりするんですよ。あれだけの忙しさの中、時間を割いてくれるから、「この夕飯に行かなければ、原稿これだけ書ける、仕事ができるって思わない？」って訊いてみたんです。そうしたら「思わない。永遠に食べ続けていたい」って。

小島　ああ、そうなんですね。それぐらい美味しいものを食べることがお好きということですよね。林さんはいかがですか？　やっぱり「この夕飯に行かなければ……」って思っちゃうほうですか。

林　うーん、だから、あんまり楽しくない人とつまんないものを食べることになったら、それはやっぱり悔しいと思うのよ。

小島　「この時間、原稿書けたのに」って（笑）。

林　そうそう。でも、やっぱり基本的においしいものを食べることは好きですよね。ただ、私たちはこの年齢になって、ようやく何とかおいしいものを食べられるようになったけど、この頃は、若い子が「なんとかのあのシェフがどうのこうの」「あの店がどうのこうの」って言ったりするじゃない？　私の歳ならともかく、三十代くらいであういうこと言うのって、どうよって思っちゃうけどね。

小島　前に林さんに連れていっていただいたお店で、向こうのほうに二十代くらいの若い女の子と三十代くらいの男性のカップル、いかにもチャラい感じの二人がいたんですよね。「この歳でここに来て、何やってるんだろう、私なんて、四十過ぎて林さんに連れてきていただいて、初めて入ったのに」って妬ましく思っちゃいましたよ（笑）。

林　そんな人たちいた？

小島　いたんですよ。私、あのお店の名前は聞いたことがあったんですけど、分不相応じゃないかと思って行ったことなかったんです。でも、向こうを見ると、そんなチャラい感じの若い二人がいる。そういう人たちを見ると、すごく羨ましいというか、心の中で「どうせきっと、邪なことをして稼いだ金に違いない」とか「やりチンと、金に目のくらんだ女に違いない」とか、ものすごく浅はかな呪いの言葉を吐いてしまう（笑）。

林　呪いの言葉を（笑）。

いつの間にかワイン娼婦に……ああ、ワイン狂想曲

小島　そうなんですよ。ほかのテーブルの人が、どうしてそんなに気になるんだろうって思うんですけどね。気が散りやすいんです。でも、私もテレビ業界のおじさんにいろいろなお店に連れていってもらっていたときには、同じように「あの女」とか思われていたんだろうなぁと思って（笑）。

林　いや、小島さんはそんなことないだろうけどさ、よくワインの会に必ず顔を出す若い女の人とかいるわけよ。どうしてかと思ったら、誰かが「ワインってお金かかるから、ああいうふうに男とつき合わないと、こういうの飲めないよね」って言うのよ。

小島　ああ、なるほどね。

林　確かにワインって魅力があって、私なんかはそこまで行っていないけど、やっぱり五十万、六十万のワインを飲むとおいしいわけ。そうすると、みんなそういう会にはとんでもなく高いものを持ってきたりするからね。私なんかは、シャンパンで逃げるっていう手を使うけど。シャンパンだと、いくら高くても八万とか九万くらいだから。

小島　すごいですね。

林　ただ、私、前に一度、友達が社長に就任したお祝いのときに、秘蔵のロマネ・コンティを持っていったことがあるんだけど、後で誰もそのことを覚えていないことがわかったのよ。

小島　悲しい……（笑）。悲しいですよ。覚えておいてほしいですね、「林さんの持ってきたロマネ・コンティがね」って。

林　そうでしょう？　虚しくて。だから、もう見栄を張るのはやめにしたの。

小島　私はそんなハイスペックな持ち寄り会の経験はないですけど、大抵、友達同士で持ち寄るときとかってそうですよ、誰が何を持ってきたとか、覚えていないですよ。

林　そうなの、覚えてない。

小島　だから手柄にならないですよね。

林　手柄にならない。

小島　そうなんです、わかります、それ（笑）。

林　それでもさ、すごいものを持ってくる人っているのよね。ワインの娼婦みたいになっている人が。ワイン娼婦。

小島　あははは。そう言えば社交好きな女性って、よくワインのソムリエとか、野菜のソムリエの資格とか、取りますよね。タレントとかアナウンサーの方とか。

林　取ります、取ります。

小島　謎ですよね。その資格を取って、どこで語ろうとしているのかって。

林　でもね、私思ったんだけど、なんだかんだ言って資格を取ったり、勉強したりしても、結局いいワインって、美女が飲むことになっているのよ。

小島　美女が、ですか。

林　そう。私が以前、ボジョレーに行ったときにね、ボジョレー大学の醸造科に留学していた女性が案内してくれたんですけど、まあもう時効だからいいと思うので言いますけど、その彼女が「私はロマネ・コンティを飲むのが夢です。夢なんですけれど、一度も飲んだことがない。それなのに、ロマネ・コンティの社長が、この間、飛行機の中で知り合ったJALのCA二人に飲ませたんですよ」ってすごく悔しそうに言うわけ。

小島　ほう。

林　で、それを男の人に話したら「そういうものじゃないか。味のわかるふつうの女より、味のわからない美人に飲ませるのがワインなんだから」って言うんだよ。

小島　じゃあ、男の人の目的は、ワインのおいしさを堪能したいとか、同好の仲間と楽しみを分かち合いたいとかじゃないんだ。美女に「ロマネ・コンティを飲ませるなんて、すごい！」と思われることなんだ。

林　そうなの。

小島　えぇ？　ひどい。ワインが浮かばれない。「ワインに謝れ」ですね。どれだけ苦労してみんなが造ったと思っているんだ。

林　そうそう。だから、私もワインをめぐるいろいろな色模様を見てきたけど、「なんで、この女はこんなにこの男にくっついているんだろう」と思ったら、ワインが飲めるからなんだよね。

小島　へぇ。だとしたら、ワインを好きなことは好きなんですね。それならばまだ許せる気はしますけど。それだけワインの世界も奥深いってことですかね。私、よくわからないのが、ワインを愛好する人の、味の表し方。いろいろありますよね。「落ち葉の中から濡れた子犬が」とか（笑）、ああいうのすごいですよね。

林　そうそう。「天使が私のドアを押した」とかね（笑）。

小島　もう、何だかわからない世界ですよ（笑）。

林　でも、独特の世界ではありますが、中には、仲良くなってみたらすごく面白い人だったっていう人も、もちろんいますけどね。

小島　まあ、そうでしょうね。ただ、つい勘繰りたくなっちゃうんですよね。表向きは「私はワインが大好きなので、極めたいと思いまして」なんて言っているけれども、実利目的なんだろうなとか（笑）。まあ他人のことだから余計なお世話なんですが。

林　まあね、勘繰《しんえん》りたくなることは、いろいろありますよね。

小島　うーむ、深遠ですね。

林　表向き、ということで言えば、よく女性の芸能人で「食べるのが大好き」という人がいるでしょう。だけど「嘘だろ、その細さで。ふざけんな」といつも思う。

小島　確かに（笑）。

林　「食べるの趣味なんです」なんて言うじゃない？「デブになってから言え！」と私は思いますけどね。

小島　「デブになってから言え！」（笑）。

林　芸能人じゃなくても、女の人って同性に嫌われたくないから、「私、すっごく食べるんです」って言う人いるじゃない？　「みんなにびっくりされちゃうんです」とか。あれ、どうなんですかね。

小島　食べるのが好きということを強調したいあまりか、やたらに人に勧める人もいますよね。私、わりとそういうのが苦手で。知り合って親しくもないのに、いや、親しかったとしてもですよ、自分がこうムースとかにスプーン突っ込んでペロッと食べて「おいしい」と言ったそのスプーンをまたムースに戻して「どうぞ」って言う人、時々いるんですけど、「いやいや、それはどうかな」と。お気持ちはありがたいが。

林　それは、そうですよね。

小島　私は、何だか友情の踏み絵を踏まされる感じがしてですね。脅迫だとすら感じてしまうんですよ。

林　わかります、すごくわかります。自分の残したものを「食べなよ」と言ってくれる人とかね。

小島　「おいしいから、おいしいから」って言ってね、「ちょうだい」とも言っていないのに分けてくれるみたいなところ。なんかこう、半ば暴力だなと思うときがあるんです（笑）。

林　すごくそう思いますよ。

収入に占めるエンゲル係数の高さ

小島　林さんのところには、全国からおいしいものが集まってきそうですよね。羨ましいです。

林　はい、割と。この前も蟹とか、いっぱいいただいて。

小島　蟹が送られてくるんですか、いいですねぇ。これまで召し上がったもので、一番おいしかったものって何ですか。

林　何だろう……そう言われてみると何でしょうね。いや、だから私ね、この先、貧乏になったらどうしようかと思って。おいしいものが食べられなくなったらどうしようって思うんだよね。たとえば冬はフグを食べるとか、そういう楽しみがなくなったらどうしようかと。それくらい食の楽しみって、私の中で大きいんですよね。それに私、人の分まで払うから大変なのよ。

小島　私も、この間すっかりお言葉に甘えてしまって……。ありがとうございました。

林　いやいや、違う。あんな二人だけのなんて、どうってことないけど、ほら若い編集者たちと行くと、やっぱりご馳走しなきゃならないじゃない。そうするとすぐに四、五人とかね。

小島　交際費が大変ですね。

林　大変ですよ。そう考えると、この先いつまでおいしいものが食べられるのか、真剣に心配になるときがあります（笑）。

小島　そんなご心配はされなくても（笑）。私は最近、引っ越すと食べられなくなるものもいっぱいあるなあと感じていますね。

林　あ、そうか。オーストラリアに移住なさってからね。

小島　はい。オーストラリアに引っ越すと、さすがに、おいしいお刺身とか、もう殆ど食べられない。

林　小島さんだけ日本と行き来していたら、お子さんたちに「ママ、ずるい」なんて言われない？

小島　言われますけどね（笑）。でも「郷に入れば郷に従え。慣れなさい」って言ってます。まあ私はそうやって行ったり来たりしてますから日本で食べたいものが食べられますけど、子どもはともかく、夫の話なんか聞いていると、ずっと食べられないというのは、じんわり効いてきますよね。

林　マグロとか食べられないでしょう？

小島　オーストラリアの近海は、日本みたいにいろんな魚が獲れるわけではないみたいで。タイとかイトヨリとか、そういうのは獲れるらしいんですけど。

林　オーストラリアって、あまり食べ物おいしそうじゃないよね。

小島　ところが実は意外とおいしいんですよ。二〇一四年、オーストラリアは美食大陸ということを前面に押し出してですね、最近はオーストラリアン・キュイジーヌも結構頑張っているんです。丸の内に『Ｓａｌｔ』(二〇二〇年現在は店名変更 Wattle Tokyo) っていうお店がありますけど、かなり洗練されたお料理が出てきて、おいしいんです。

林　へぇ、そうなんだ。

小島　ただ向こうで生活していると、たとえば日本のおいしいお味噌とか、そういう東京だったら普通に手に入るものが手に入らないというのは、それだけでストレスにはなりますけどね。

林　ああ、お味噌ね。それはそうかもしれないですね。

小島　うちは、住んでまだ二年ですけど、なんか移り住んだ土地に適応してそこでおいしいものを見つけた、と言えるところには、まだ辿《たど》り着いていない気がしますね。そういうものと出会えるほど、食べ歩く時間もないですし。

林　なるほどね。

小島　ところでごめんなさい。さっき途中になってしまった、これまでで一番おいしかったものって何ですか。今までで一番。自分史上最高。もう一度食べたいっていうものは。

林　もう一度食べたい、もう一度食べたい……私、お寿司好きだから、お寿司が食べたいかな。

小島　どこのお寿司がおいしかったですか。

林　そうですねぇ……いろんなところに行ったけど、北海道のホテルのネギタク巻なんておいしかったなぁ。

小島　へぇえ！

林　とめどなく食べちゃった。

小島　ネギタク巻をですか？

林　そう。

小島　数あるネタの中でもネギタクとは、なんだか意外ですね。でも、林さんがそうおっしゃるなら、よっぽどおいしかったんですね。それはぜひとも食べてみたいなあ！

林　ああ、あと、ついこの前、すごい暴食の旅をしたことを思い出した！

小島　何ですか。

林　この間フランスに行ってね、五日間で十四星食べるグルメの旅をしたの。

小島　すごい！（笑）パリでですか。

林　パリだけじゃなくて郊外も。同行の編集者が全部決めてきたから、私はそれに従って「二つ星のビストロ行きます」って言われたら、そこに行く、という感じだったんだけど、パリだけじゃなくて、その中には郊外のレストランも含まれていたから郊外にも行き……。でも、ご存じのとおり、あちらの食事時間は長いじゃない？　一時に始まって、終わると四時。

小島　えーっ⁉

林　三時間ぐらい郊外で食べ続けて、そこから今度はパリに戻って、また六時半か七時くらいから食べてっていう日々。乗り物に乗っているか、食べているか、どっちかっていう旅だった。

小島　すごい体力ですねぇ。

林　でも、全部食べたよ。

小島　おいしかったですか。

林　おいしかった。でも高かった（笑）。いや、全部それは出版社が払ってくれたんだけど、でも申し訳ないから、一軒は私が払ったんです。それが気取ったレストランではなくて、おばさんがやっているビストロだったんだけど、そのおばさんに「このワイン飲みな」「このワインも飲みな」って勧められて、結局、最終的には二十四万円だった。

小島　えぇ!?　それ何人分ですか？

林　えっとね、私と編集者二人、通訳、ドライバーだから五人？

小島　まあ人数もいますけど、それにしても大変ですね。

林　だけどパリの一流店じゃなくて、おばさんがやっているビストロですよ。それでこの値段って……。

小島　そうですよね。それがパリだったら、もっとすごいことになるんでしょうね。

林　そう。パリだったらもっと高かったかもしれない。だからさ、私の食費の恐ろしさってことですよ。自分の収入に占めるエンゲル係数がすごいのよ。

蘊蓄《うんちく》を語るよりは「おいしい！」を楽しむ

小島　アハハハハ。でも、その分おいしいものを召し上がっているわけだから、羨ましいです。

林　だけどその割には、私、味がわからなくてね。この間も「これ、生クリーム入ってますよね」って言ったら「入ってません」って言われて、すごく恥ずかしい思いをしたの（笑）。

小島　わからないものですよね。何を使っているかって。

林　私は出されたものをすぐ食べちゃうから、味について、これがあれでこうでとか、あまり考えたことがないんですよ。

小島　作っている人にしてみたら、おいしいものをおいしいうちに「おいしい」って食べてもらえたほうが嬉しいから、それでいいんじゃないでしょうかね。

林　そうですよね。

小島　ワインのラベルを全部覚えて、食材についても、よく把握して帰る、という方もいらっしゃいますよね。それはそれで尊敬するんですけど、でも、何か最近はもうそういうことを覚えておくのにエネルギーを費やすくらいだったら、「おいしい。おいしいわ。なんておいしいんだ。こんなにおいしいものが世の中にあるんだわ！」っていう感動を味わうことのほうに集中して、楽しく帰ってきたほうがいいと思うようになってきたんです。

林　そう。私も本当にそう思いますよ。玉村豊男さんがおっしゃっていたけど、グルメには三つの条件があって、それは声が大きいこと、速く食べること、そして、もちろんたくさん食べることだって。

小島　なるほど。

林　速く食べるというのは、お料理の温度があるから。その温度のままにおいしく食べるという意味では大事なんだそう。お寿司だけじゃなくて、あらゆる食べ物はスピードなんです。そう言えば、テレビ局の人って、食べるのすごく速いですよね。

小島　ああ、速いです、速いです。

林　私、番組審議会で、月に一回フジテレビに行くんですけどね、お弁当が出るんですよ。私も相当食べるの速いほうだと思うんだけど、テレビ局の人って、ほかの人たちが半分くらい食べ進んだときに、みんな、もう蓋《ふた》してるもん。

小島　なんででしょうね（笑）。確かに速い人が多いですね、テレビ業界。

林　だから、なぜって聞いたらね、若い頃から「タラタラ食べてたら、先輩にぶん殴られた」って言うの。

小島　遅いって？

林　そう。「ふざけんな」って現場で。

小島　ご飯のタイミングを逃さないように、パッと食べるんでしょうね。あと、せっかちな人が多いのかなあ……。

林　そうかもしれませんね。

小島　ああ、でも確かに、あまりに長々と時間をかけるのは困りますよね。私、突ついて止める人が苦手です。ほらお料理がその人の前に置かれると、「ああ、おいしそうだね」って言ってお箸つけて、「あ、そうそう、この間さ」って言ってまた引っ込める（笑）。それでまたちょっと突っついて、動かして、口に入れるのかなと思いきや「それでね」ってまた続きを話し始めてという（笑）。

林　ああ、わかる、わかる！　私もね、何年か前にイタリア料理店で、イタリア人の歌手の人と食べてたの。そうしたらその人が、ずっとフォークとナイフを置いたましゃべり続けるわけ。それでシェフも次の料理を出せなくて。たぶんパスタだったんだと思うけど、ゆでられなくて、だから私たち、その皿のために一時間ずっと座ってたの。

小島　ずっとしゃべってるんですか。

林　そう。知ってる人だったら、私が勝手に会話を打ち切っちゃうんだけど、初対面の人だとね。

小島　それはなかなか勇気が要りますね（笑）。

林　そうなの。

小島　そうかぁ、グルメの条件は、声が大きいこと、速く食べること、たくさん食べること、か。私、そのうち二つの条件は満たしているんだけどなあ（笑）。あと胃袋だけ鍛えられれば。

林　大丈夫ですよ。また一緒においしいものを食べて、鍛えていきましょう！

小島　宜《よろ》しくお願いします！　楽しみにしています（笑）。

Ⅶ 怠惰

明日できることは絶対今日しない

小島　さあいよいよ最後は「怠惰」です。嫉妬、強欲、色欲、憤怒、傲慢、暴食と来て怠惰。こうして並べてみると、人間って本当に罪深いものですね（笑）。と言っても林さんは、怠惰でいる暇なんてないとは思うのですが。

林　いや、私、すごく怠惰だと思うよ。

小島　どういうところが？

林　だって、いつも家に帰ると、服脱いで、週刊誌が届いているとそれを持ってベッドへ直行するもん。それが至福のとき。

小島　アハハハ、わかります。

林　お化粧落とさなくちゃいけなくてさ、もう寝なきゃいけないんだけど、そういうときだってなかなか行動に移せないし。締切だって迫っていて、原稿を書かなきゃいけないのに、すぐダラダラ、テレビ見ちゃったりするし。

小島　え、本当ですか？

林　本当に。

小島　林さんでもそんなことあるんですか？

林　楽しいことを優先させるし。

小島　私も経験がありますが、郵便受けに雑誌が届いているのは確かによくないですよね。届いたものをとりあえず整理しようと思って封を開ける端から、いちいち読んでしまうんです（笑）。あれは本当によくないなあ。

林　私は片づけるのもだめだしね。ほら、片づけが上手な人ってさ、しゃべりながらチャッチャッと台所をピカピカにしてくれたりするんだけど、私は要領が悪いのか、やりたくなくて、ダラダラダラダラするから、すごく汚いわけ。だからとても怠惰だと思うの。

小島　どこに何があるか、とかはわかるんですか。

林　まあ、大体わかる。でも、よくはわからないから、出したものを元に戻すのが嫌なの。

小島　えっ！

林　元に戻すよりも、ここにあったほうが、次に使うときにわかりやすいかなと思って。

小島　はい……まあわかりやすくはありますね。抽斗《ひきだし》の中にあるよりはテーブルの上にあったほうが。

林　そう思って、どんどんテーブルの上にいろんなものが載っていく。
小島　なるほど。
林　で、洋服もクローゼットに入れずに、明日これ着るんだったら、ここに投げ出しておいてもいいかも、とかいろいろ思うの。
小島　それはダメですね。シワになります。
林　シワになるよね。
小島　なると思いますよ。
林　だから、すごく怠惰だと思う。明日できることは、絶対今日しない。
小島　アハハハ。すごくいいことを聞いてしまった。
林　締切も、まだ三日あるって思うと、今日は別に何もしない。
小島　林さんって、ものすごくものすごく必死になって追い詰められてお書きになると、一晩で何枚くらいお書きになるんですか。
林　若いときは八十枚書いたことありますよ。改行なしで八十枚。
小島　え、一晩で？
林　うん、八十枚書いた。
小島　しかも手書きですよね？
林　手書きで八十枚。

小島　すごい！

林　でも今は四十枚くらいですけどね。

小島　それでも四十枚ですか。

林　三十枚の原稿だったら、一日十枚って決めて、三日で三十枚の短編は書きます。

小島　さすがです。

林　だって机に向かっている時間がないんだもん、本当に。

小島　短期集中で書き上げられるということですね。平均睡眠時間ってどれくらいなんですか。

林　六時間。

小島　そんなにお忙しいスケジュールをこなしながら、六時間寝ていらっしゃるんですか。それはすごいです。片づける時間はなくなりますね。

林　そうでしょう？　私、子どものときから、とにかく片づけができなくて、いつも親に叱られてたの。それであまりにギャーギャー言われるから、「大人になったら、お金持ちになるか、お金持ちと結婚するからいい！」って言ってたんです。

小島　片づけてくれる人を雇うからと（笑）。

林　そう。

小島　その通りになったからよかったですね。

林　ただ、私、三十歳のときから人に片づけてもらっているから、片づけ方が本当に下手なんだと思う。そういうのって最低だよね。でもね、たまにちょっと拭き掃除したり、ものを片づけたりすると、なんだか自分がすごくいい人になった気がします（笑）。

いつでも「遺品整理」してもらえる状態に

小島　私、今、東京に滞在している間は一人なので、突然死の恐怖と常に隣り合わせなんですね。

林　唐突に何を言ってるの。

小島　だって、四十過ぎるといろんな不測の事態が考えられるでしょう。突然亡くなる人も出てくるじゃないですか。他人事《ひとごと》じゃなくなってきますよね。だから自分だってどうなるかわからないので、やっぱり発見されたときのことをいつも考えてしまうんですよ。

林　何を言い出すやら（笑）。だって、テレビの収録に来なければ、誰かが「おかしい」と思ってすぐに見に来てくれるでしょうから、一人きりで死ぬってことは考えにくいんじゃない？

小島　でも、その人だっていまわの際《きわ》には間に合わないかもしれない。そうしたら遺体を発見されるわけじゃないですか。そして遺体を運び出した後に、その片づける人がね、事務所の人なのか誰なのかわかりませんけど「小島慶子ってどんな暮らしをしていたんだろう」と思って、ゴミ箱の中も見たりするかもしれないし、抽斗の中、おそらく下着の抽斗とかも開けますよね。そうだとしたら、そのときに「こんなもの片づけさせやがって」なんて思われそうなものは、残しておかないようにしようと常に考えてしまうんです。遺品整理がしやすいようにしておこうと思って。

林　あなたくらいの歳でそんなことを。

小島　でも、それは本当に遺品整理をしている人の話を聞いてそう思ったんですよ。ああ、そうか。そんな大変な思いをさせるんだったら、私の場合は、突然死した後、その遺品整理をする人に「この人は遺品整理する人間のことを考えて暮らしていたんだな。わかってるな」と思われたいと思ってですね（笑）、それで、なるべくすぐ片づけられるようにって、いつも考えちゃうんですよ。

林　そこまで……（笑）。小島さんって、いつも体を動かしている人？

小島　いやいや、逆です。私はいつも仕事を終えて帰ってくると、寒いのに玄関の三和土《たたき》に座ってですね、ポストから取ってきた郵便物を、それこそ雑誌とかをですけど、そこで読むという、しばし「無」になる時間が長いんです。あと一歩、五十センチくらい進むとリビングの中で、タイマーでヒーターがかかっているんですけど、そこまで進む元気も出ない。長くて四十分とか一時間とかそうしていることがあるので、そうなると自分一人じゃ立ち上がれなくなるんです。で、オーストラリアにいる夫に「今、玄関先で廃人になってます」ってLINEして、FaceTimeを繋いでもらい、テレビ電話で夫に励まされながら、手を洗い、うがいをして……っていう状態です。

林　まあ素晴らしい。かわいい。

小島　いや、そんなのじゃないですけどね。とにかくそれで「もうこのまま化粧を落とさずに寝てしまおうかと思う」と言うと「いやいや、それは洗ったほうがいい。繋いでおいたら、オレはここで何か仕事しているから、顔洗いな」って言ってもらって、ここにスマホを置いたまま顔を洗って「化粧落としました」と報告したりして、ようやく何とかやっているんです。

親の怠惰が招く子どもの悲劇

林　そうなんだ。でも、今話したような私たちの怠惰なんて、まだかわいいですけど、この頃、親の怠惰で子どもが亡くなったりすることがあるじゃない？

小島　そうですね。

林　重いテーマですけど、ちょっと前にも、若い夫婦が、子どもの泣き声がうるさいからってゴミ箱に入れて死なせちゃって。

小島　あの事件には驚きました。

林　子育てが怠惰なのは、本当に人として最低だと思います。人殺しや体罰まで行かなくても、たとえば子どもにお弁当を持たせない親もいるでしょう。それを「怠惰」と言うと、「怠惰じゃない。母親は忙しいんだから、仕方ない」って必ずそういうことを言う人がいるんですけど、おにぎりだって何だっていいと思うのよ。寝る前にご飯のタイマーをセットしておけば、朝、炊けているんだもん。

小島　ジェイミー・オリヴァーっていうイギリスの料理人が、アメリカで貧困家庭の多い地域に行って、料理を教えるという活動をしているそうなんです。

そのことについて、『TED』という世界的な講演会を主催している非営利団体のトークイベントでしゃべっていたんですけど、それによると、食生活が崩壊している家庭を見てみると、祖父母も料理をしていない。親も料理をしていない。つまり家の中で誰かが料理をしているところをまったく見ないで子どもが育つケースが多いのだそうです。

そして、その子が次にまた子どもを産む。すると「親が料理を作る」ということを知らないから、当然ながら、我が子にも作らない。ジャンクフードを食べさせるようになると言うんです。自分もそうやって育ったので、それ以外の方法を知らないんですね。

林　なるほど、そういう環境で育てば、そうなるかもしれませんよね。

小島　野菜の名前も知らないし、野菜が手に入ったところで、どうすればいいかわからない。ジャガイモがフライドポテトになるその過程を知らないので作れない。

つまり食に対する体験が足りていないんだと言って、彼はそうした地域に行って、包丁を持つところから教育を始めて、スーパーからポテトを買ってきては、それがポテトサラダになる、といった活動をやっているというんです。

そうやって、子どもの代から変えていくという運動をしないと、不健康な食生活がそのまま継承されてしまうんです。日本も最近、他人事ではない気がしているんですよね。

林　それはそうですね。私も、この間、雑誌を見ていたら、おばあちゃんが四十いくつでお母さんが十八なんていう家庭が取り上げられていたり、お母さんが二十いくつで子どもがいっぱいみたいな家が出ていて、「私たち一切料理しません。料理より、もっと大切なことがあるのを知っているから」なんて、すごく偉そうに言っていたんだけど、子どもがそんなにいる家で、料理より大切なことって何だろうと思っちゃった。一緒に遊んでやること？

小島　まあ、子どもが愛情を感じて育っているのならいいのかもしれませんけど、食に関する知識は生きる上で不可欠ですよね。

林　独り身のときは「私、本当にだらしなくて、怠惰でさぁ」って言えるけど、子どもができたら、やっぱり食べさせないと死んじゃうしね。そういう、子どもにまつわる怠惰はやっぱり問題じゃないかなと。

まともな食の教育をどうやって受けさせるか

小島　うちは料理は、夫がしているんです。私も昔は料理をしていたんですけど、子どもたちの食が細くて、それなのに私があまりにも料理への思い入れが強いので、自分の作った料理を子どもたちが残すたびに本気で怒ってしまっていたんですね。そうすると食卓が大変荒《すさ》むことになってしまって。これはいけない、もっと健全な食卓にしようと考えて、料理にさほど思い入れがないために、子どもが残しても私ほどは怒らない夫に交代してもらって、今に至っているんです。

林　へえ、そういうこともあるんだ。

小島　そうなんです。冷凍食品は殆ど使わないし、いわゆるレトルトとか出来合いのものというのはなるべく使わないようにしようと、それは共働きでも頑張ろうとやってきたんですけど、ただ、その「お母さんの手料理」っていうのに私がものすごく縛られていて、「お母さんの手料理じゃないと、愛情が伝わらないんだ」とやっていたがゆえにですね、そのメッセージを受け取らない子どもにものすごく怒ることになってしまって……。

「この私の愛情がわからないのか、こら!」みたいなことを言われ続ける食卓は、まったくもって平和ではないし、食のメッセージとしてもネガティブなので、それはまあ「じゃあ、交代してもらおう」ということで決着したんです。だから「お母さんが作らないと愛情が伝わらない」と言われて苦しい思いをする女性がいるのは、それはそれでわかる気もします。

林　なるほど、そうですね。東南アジアとかは、朝ごはんなんか殆ど作らないって言うもんね。

小島　そうですね。

林　朝からみんな外に食べに行くって言うし。それでもいい子が育つんだから、手料理が絶対とは思わないんだけど、料理に限ったことじゃなくて、それが子どもへの関心が極端に低い結果そうなったってことが、やっぱり駄目だろうと思うんですよ。ほら、子どもが何日も同じシャツを着ていて臭うとか……。

小島　ネグレクトみたいなことですよね。育児放棄。

林　そう。ゴミだらけの家で、お母さんがテレビ見て、スマホに熱中して……みたいな家。今、すごく増えているみたいですよ。

小島　なるほど。それをその家庭の自業自得だって周りが言って片づけてしまうと、それこそ子どもの貧困は悪化するばかり。じゃあ満足な食の教育を受ける機会もなかった子どもたちをどうすればいいんだっていうことは、それぞれの家庭に任せるんじゃなくて、社会全体で支援するしかないんだと思うんですよ。

林　本当ですよね。重たいテーマだなと思う。怠惰が子どもを殺しちゃうんだもん。

小島　「怠惰」とはちょっと違うかもしれませんが、生活していく上での知識を身につけようっていう意識も大事だと思うんですよ。

たとえば、栄養素の円グラフ。私は家庭科の授業が好きだったんですけど、授業の中で、栄養素の円グラフって必ず教科書に出てきて教わるでしょう？　あれが大人になった今でも、なんとなく頭に入っているんです。そうすると、自分が料理していなくても、夫の作ってくれた料理を見ると、何が足りていないかが大体わかるわけです。それで夫に「無機質が足りてないよ」とか言うわけですね。夫はその円グラフをまったく知らないから、何のことやらわからない。そこで冷蔵庫にその栄養成分一覧表を貼ってみたんです。

林　えーっ、すごいねぇ、意識高いな、このお家。

小島　いえいえ。こういう栄養の種類があって、これをなんとなく覚えていると、スーパーで買うときに「あ、ワカメ買おうかな」とか「あ、ピーマンが足りてない」っていうことが大体わかる。「それだけでも随分違うよ」と夫に言ったら「便利だ」って言って。そんなことでも、知っていることって大事かなと。

林　本当にそうですね。

小島　知識がないとわからないし、わからないとやる気もなくなっちゃうので。

怠惰は知識欲にも広がっていく

林　そうそう。「怠惰」って、今、それこそ知識欲にも広がっちゃってね。新聞は読まない、本は読まない、スマホで操作できる範囲のことがすべてになっている。「無知の知」という言葉がありますが、自分がどれだけ知らないかをわかってから努力して、教養とか知識って身につけるものじゃないですか。そういうことに対して、今、若い人がすごく怠惰ですよね。知識欲に対して「知りません。それが何か？」みたいな。「それが何か」でおしまいなんですよね。

小島　「必要になったら調べます」とかね。

林　スマホで。

小島「調べればそこにあるんだから、別に今は頭の中に持ち歩かなくていいだろう」というのは、本人にとっては合理的な発想なのかもしれませんが。

林　知識って蓄積していくものですよね、頭の中に。

小島　そして、その一つひとつが組み合わさったときに、まるで星と星が繫がって星座が見えるように、「ああ、こういうことだったんだ」と気づく。それが「世界の秘密発見」みたいに思えたりすると、ちょっと面白いなと思うんですけれども。

林　そうなんですよね。その蓄積が果たしてあるのかしらと思ってしまいます。

小島　蓄積しないと、その星と星が繫がらないですよね。「その都度取りに行くから結構です」って言うと、頭の中、バラバラなものがバラバラに散らばっているだけになってしまう。

林　ああ、本当だね。確かに、その通りですよね。

小島　私、仕事柄、学者さんとか、いわゆる高学歴でしかも話が面白い方たちにお会いすることがあるんですね。

林　そう言えば、小島さん、『朝日新聞』の社外編集委員やっているんだよね。

小島　パブリックエディターと言って、読者の声に『朝日新聞』が向き合っているかどうかを第三者の立場で見る、いわばコミュニケーションアドバイザーのような役割

です。一読者としての視点なので、社外編集委員のような仕事ではないんです。（二〇一五年四月から二〇二〇年三月まで）

林 いやいや、すごいことですよ。

小島 タレントとして、雑誌やテレビの対談なんかで面白い方たちにお会いする機会があるんですが、そういう方とお話ししていると、何がすごいって知識の量とそれを引き出す早さと適確さ！ それを私ごときが理解できるように翻訳をして、しかも面白い話に落とし込んでくださる。

そんなときは、「頭がいいってこういうことなんだな。何重にも、いろいろな意味で頭がいいんだな」って、本当に仰ぎ見るように「すごいな」って思いますよね。

林 私の周りでも、和田秀樹さんとか、茂木《もぎ》健一郎さんとか、本当に、「この人たちの頭、どうなっているんだろう」みたいな人たちもいますよね。

小島 知識を蓄積するだけでも大変なのに、瞬く間に探し出してきて、しかも一瞬でとても愉快なお話にしてしまう。

林 そうなんですよ。私なんか、オペラだってこんなに観ているんだけど、歌手の名前が全然蓄積されない。

小島 アハハ。

林 特に片仮名って、右から左へ流れていくんだけど。

小島　わかります、歌手の名前が全然覚えられないってわかります（笑）。そのデータさえあれば、自分の知っている素晴らしいものについて語れるのに、具体的な名前が出てこないばっかりに何も言えない……っていうこと、ありますよね。

林　そうそう。「なんとかかんとかが、この間、あれの棒振ったときさ」とか、固有名詞が言えないのって、本当に悔しい（笑）。「ほら、その、あれの」とか。

ノートを取る人取らない人

小島　頭の中には浮かんでいるんですけどね（笑）。林さん、ご自分でお書きになる小説の人間関係とか、そういうのはどこかにメモしていらっしゃるんですか。

林　ううん、書いていない。ほら、そういうことが嫌いだからさ、しょっちゅう「おかしいじゃん。この人、何年生まれで、なんでこれで三十いくつなんですか」って言われるのよ。

小島　そうなんですね（笑）。

林　私も自分で「書けよ」って思うんです。でも最初はやるんだけど、それも途中で嫌になっちゃうわけ。私、文学賞の選考委員もよくやっているんですけど、ほかの人を見ると、みんな感想をきちっと書いているの。ところが私は何も書いていなくて、メモも取ってない。これじゃあダメかなと思って書こうと思うんだけど、それが面倒くさいの。言葉で言えばいいんだからと思って書かない。そして書かないうちに言うことを忘れちゃったりして、よくないのよ。

小島　そうなんですね（笑）。私もそれこそ朝日新聞のパブリックエディター会議に出ると、「あ、勉強できる人っていうのは、こういうことか」と改めて思い知らされるほど、本当に皆さん、真面目にノートを取られます。

林　そうか、やっぱりそうなんだ。

小島　人がしゃべり始めると、もう、すぐきれいにノートを取る。私は話に集中するとノートがとれず、ノートに集中すると言いたいことを忘れるのでメモ程度。ああ、勉強のできる人たちってやっぱり違うんだなと（笑）。

林　英会話でも、しゃべりながら書くのが、覚える一番の近道らしいですよね。

小島　そうなんですか。じゃあ、やっぱり勉強できる人は、そうやって勤勉にやっているから全部頭に入るんですかね。

林　私、もともと違うからね。

小島　私もノート取るのが嫌いで、つい手ぶらで行っちゃうんですよ。と言うより、ノートを取っても後でノートを読んでも、結局、自分の頭の中に残っているのと違うことだったりするんで、「じゃあ、ノート要らなかったんじゃないの」って思うこととがあってですね、だからあまりノートは取らないんです。

でも、そうすると、私だけノートを取らずに「思いつきで言っていることが一目瞭然」みたいな状態で行ってしまうことになるんです。本当に皆さん、どんな細かな話でも、きっちり取られる。中には一ページを半分に折って、左右に分けて書いたりしている人もいる。「あ、この人、こうやって大学受験のときも勉強したんだろうなぁ」なんて思っちゃいますよね。

林　えぇーっ、すごいなぁ、そういう人。

小島　こうやって他の方たちと比べてみると、やっぱり、私たちは「怠惰」っていうことになるんでしょうかね（笑）。

林　そうだね。まあ他人に迷惑をかけない範囲、自分が「困ったな」って思う範囲のかわいい怠惰なら、よしとしようか、ってことかな。

小島　人生の最後に人様を困らせることのないよう、せめて部屋だけは、片づけておきます、私（笑）。

後書き　＊　林真理子

小島さんがパーッと売れだした頃、

「まあ、なんて頭のいい美人が現れたんだろう」

と驚いた記憶がある。実のことを言うと、「元アナウンサー」という肩書きに、さまざまなイメージを抱いていたのであるが、小島さんはそれを自慢するわけでもない。それに縛られてもいない。それどころかさまざまに解明してくれる。美しくプライドのある女たちが、どのようなことを考え、どのように悩んでいるか小島さんが教えてくれた。

いったいどんな女性なのかと、おっかなびっくりお会いした。いや、おっかなかったのは小島さんの方であろう。が、対談は本当に楽しく、会話はぽんぽんとはずんだと思う。私も二十年以上、週刊誌で対談のホステスをやっている。人の話を聞くことに多少の自信がある。が、小島さんはプロ中のプロであった。年上の私を立てて、実にうまく喋らせてくれたのである。小島さんの手にかかると、ついぺらぺら何でも話す私であった。

「いやあ、小島さんとお話するのは楽しかったなあ、もう一回やりたいなァ」

と担当編集者に話したのがウンのつき。彼は対談集を計画したのである。

「私は何度か対談をしたかっただけで、本にするなんて聞いていない」

と抗議したのであるが、最初の依頼書に確かに書いてあった……。

私は対談集というのがどうも苦手で、レギュラーの週刊誌の対談も一度も編《あ》んだことがない。対談というのは、その時でおしまい、という方が、言いたいことも言える。が、確かに依頼書に書いてあると言われ（私がそんなものちゃんと読むはずはない）、小島さんにはとても会いたかったので、まあ、角川本社に何度か出むくことになった。が、これが不手際だらけ。私の作家人生のベスト3に入るくらいの、要領の悪い仕事であった。

親しい編集者だったので、私は大きな声で文句を言った。これでは小島さんに対して申しわけない。

しかしこの時の小島さんの態度が実によかった。一回めは、

「いいえ、私はこれでいいですから」

と編集者を庇った。が、彼のドジが二回、三回と重なるにつれ、

「私はメールで、彼にこれからの要望をいくつかあげました」

と言うではないか。あまりの要領の悪さに、はっきりと改善案を出したというのである。

単に〝私はいいんですぅ……〟と遠慮しないところが本当にいい。

これには後日談があり、担当編集者はちょっとめんどうな病気にかかっていた。今は退院してすっかり元気であるが、あの頃のひどい連続ミスは、病いが原因だったかもしれない。怒ってごめんね。

しかし前の出版社からのつきあいなので、ガミガミ叱るばかりだった私に比べ、小島さんはいつも冷静であった。そして言うべきことはきちんと言っていた。この後書きは、

「他人のミスにあたった時、どう対処するか」

という番外の章である。

本書は、二〇一六年四月に小社より刊行された
単行本を加筆修正のうえ、文庫化したものです。
本文中の情報はすべて単行本刊行時のものです。

女《おんな》の七《なな》つの大《たい》罪《ざい》

林《はやし》 真《ま》理《り》子《こ》　小《こ》島《じま》慶《けい》子《こ》

令和2年 3月25日　初版発行

発行者●郡司 聡

発行●株式会社KADOKAWA
〒102-8177　東京都千代田区富士見2-13-3
電話　0570-002-301（ナビダイヤル）

角川文庫 22083

印刷所●株式会社暁印刷
製本所●株式会社ビルディング・ブックセンター

表紙画●和田三造

●お問い合わせ
https://www.kadokawa.co.jp/（「お問い合わせ」へお進みください）
※内容によっては、お答えできない場合があります。
※サポートは日本国内のみとさせていただきます。
※Japanese text only

ISBN 978-4-04-109113-5　C0195

◇◇◇

角川文庫発刊に際して

角川源義

第二次世界大戦の敗北は、軍事力の敗北であった以上に、私たちの若い文化力の敗退であった。私たちの文化が戦争に対して如何に無力であり、単なるあだ花に過ぎなかったかを、私たちは身を以て体験し痛感した。西洋近代文化の摂取にとって、明治以後八十年の歳月は決して短かすぎたとは言えない。にもかかわらず、近代文化の伝統を確立し、自由な批判と柔軟な良識に富む文化層として自らを形成することに私たちは失敗して来た。そしてこれは、各層への文化の普及滲透を任務とする出版人の責任でもあった。

一九四五年以来、私たちは再び振出しに戻り、第一歩から踏み出すことを余儀なくされた。これは大きな不幸ではあるが、反面、これまでの混沌・未熟・歪曲の中にあった我が国の文化に秩序と確たる基礎を齎らすためには絶好の機会でもある。角川書店は、このような祖国の文化的危機にあたり、微力をも顧みず再建の礎石たるべき抱負と決意とをもって出発したが、ここに創立以来の念願を果すべく角川文庫を発刊する。これまで刊行されたあらゆる全集叢書文庫類の長所と短所とを検討し、古今東西の不朽の典籍を、良心的編集のもとに、廉価に、そして書架にふさわしい美本として、多くのひとびとに提供しようとする。しかし私たちは徒らに百科全書的な知識のジレッタントを作ることを目的とせず、あくまで祖国の文化に秩序と再建への道を示し、この文庫を角川書店の栄ある事業として、今後永久に継続発展せしめ、学芸と教養との殿堂として大成せんことを期したい。多くの読書子の愛情ある忠言と支持とによって、この希望と抱負とを完遂せしめられんことを願う。

一九四九年五月三日

角川文庫ベストセラー

美女入門　PART1〜3　林　真理子

お金と手間と努力さえ惜しまなければ、誰にでも必ず奇跡は起きる！　センスを磨き、腕を磨き、体も磨き、自ら「美貌」を手にした著者によるスペシャル美女エッセイ！

聖家族のランチ　林　真理子

大手都市銀行に勤務するエリートサラリーマンの夫、美貌の料理研究家として脚光を浴びる妻、母のアシスタントを務める長女に、進学校に通う長男。その幸せな家庭の裏で、四人がそれぞれ抱える〝秘密〟とは。

美女のトーキョー偏差値　林　真理子

メイクと自己愛、自暴自棄なお買物、トロフィー・ワイフ、求愛の力関係……「美女入門」から7年を経てますます磨きがかかる、マリコ、華麗なる東京セレブの日々。長く険しい美人道は続く。

RURIKO　林　真理子

昭和19年、4歳で満州の黒幕・甘粕正彦を魅了した信子。天性の美貌をもつ女性は、「浅丘ルリ子」として銀幕に華々しくデビュー。昭和30年代、裕次郎、旭、ひばりら大スターたちのめくるめく恋と青春物語！

男と女とのことは、何があっても不思議はない　林　真理子

「女のさようならは、命がけで言う。それは新しい自分を発見するための意地である」。恋愛、別れ、仕事、ファッション、ダイエット。林真理子作品に刻まれた宝石のような言葉を厳選、フレーズセレクション。

角川文庫ベストセラー

みずうみの妻たち（上）（下）　林　真理子

老舗和菓子店に嫁いだ朝子は、浮気に開き直る夫に望みを突きつけた。「フランス料理のレストランをやりたいの」。東京の建築家に店舗設計を依頼した朝子は、初めて会った男と共に、夫の愛人に遭遇してしまう。

楽しい古事記　阿刀田　高

古代、神々が高天原に集い、闘い、戯れていた頃。物語と歴史の狭間で埋もれた「何か」を探しに、小説家・阿刀田高が旅に出た。イザナギ・イザナミの国造りなど名高いエピソードをユーモアたっぷりに読み解く。

やさしいダンテ〈神曲〉　阿刀田　高

人は死んだらどうなるの？　地獄に堕ちるのはどんな人？　底には誰がいる？　迷える中年ダンテ。詩人ウェルギリウスの案内で巡った地獄で、こんな人たちに出逢った。ヨーロッパキリスト教の神髄に迫る！

日本語えとせとら　阿刀田　高

もったいないってどういう意味？「武士の一分」の「一分」って？　古今東西、雑学を交えながら不思議な日本語の来歴や逸話を読み解く、阿刀田流教養書。名文名句を引き、ジョークを交え楽しく学ぶ！

恋する「小倉百人一首」　阿刀田　高

百人一首には、恋の歌と秋の歌が多い。平安時代の歌風を現代に伝え、切々と身に迫る。ただのかるたと思うなかれ。人間関係、花鳥風月、世の不条理と、深い世界を内蔵している。ゆかいに学ぶ、百人一首の極意。

角川文庫ベストセラー

角川文庫ベストセラー

はだかんぼうたち　江國香織

9歳年下の鯖崎と付き合う桃。母の和枝を急に亡くした、桃の親友の響子。桃がいながらも響子に接近する鯖崎……〝誰かを求める〟思いにあまりに素直な男女たち＝〝はだかんぼうたち〟のたどり着く地とは――。

作家の履歴書
21人の人気作家が語るプロになるための方法　大沢在昌他

作家になったきっかけ、応募した賞や選んだ理由、発想の原点はどこにあるのか、実際の収入はどんな感じなのか、などなど。人気作家が、人生を変えた経験を赤裸々に語るデビューの方法21例！

幸福な遊戯　角田光代

ハルオと立人とわたし。恋人でもなく家族でもない者同士の共同生活は、奇妙に温かく幸せだった。しかし、やがてわたしたちはバラバラになってしまい――。瑞々しさ溢れる短編集。

ピンク・バス　角田光代

夫・タクジとの間に子を授かり浮かれるサエコの家に、タクジの姉・実夏子が突然訪れてくる。不審な行動を繰り返す実夏子。その言動に対して何も言わない夫に苛つき、サエコの心はかき乱されていく。

あしたはうんと遠くへいこう　角田光代

泉は、田舎の温泉町で生まれ育った女の子。東京の大学に出てきて、卒業して、働いて。今度こそ幸せになりたいと願い、さまざまな恋愛を繰り返しながら、少しずつ少しずつ明日を目指して歩いていく……。

角川文庫ベストセラー

愛がなんだ　角田光代

OLのテルコはマモちゃんにベタ惚れだ。彼から電話があれば仕事中に長電話、デートとなれば即退社。全てがマモちゃん最優先で会社もクビ寸前。濃密な筆致で綴られる、全力疾走片思い小説。

いつも旅のなか　角田光代

ロシアの国境で居丈高な巨人職員に怒鳴られながら激しい尿意に耐え、キューバでは命そのもののように人々にしみこんだ音楽とリズムに驚く。五感と思考をフル活動させ、世界中を歩き回る旅の記録。

恋をしよう。夢をみよう。旅にでよう。　角田光代

「褒め男」にくらっときたことありますか？　褒め方に下心がなく、しかし自分は特別だと錯覚させる。ついに遭遇した褒め男の言葉に私は……ゆるゆると語り合っているうちに元気になれる、傑作エッセイ集。

薄闇シルエット　角田光代

「結婚してやる」と恋人に得意げに言われ、ハナは反発する。結婚を「幸せ」と信じにくいが、自分なりの何かも見つからず、もう37歳。そんな自分に苛立ち、戸惑うが……ひたむきに生きる女性の心情を描く。

幾千の夜、昨日の月　角田光代

初めて足を踏み入れた異国の日暮れ、終電後恋人にひと目逢おうと飛ばすタクシー、消灯後の母の病室……夜は私に思い出させる。自分が何も持っていなくて、ひとりぼっちであることを。追憶の名随筆。

角川文庫ベストセラー

青山娼館　小池真理子

東京・青山にある高級娼婦の館「マダム・アナイス」。そこは、愛と性に疲れた男女がもう一度、生き直す聖地でもあった。愛娘と親友を次々と亡くした奈月は、絶望の淵で娼婦になろうと決意する——。

二重生活　小池真理子

大学院生の珠は、ある思いつきから近所に住む男性・石坂を尾行、不倫現場を目撃する。他人の秘密に魅了された珠は観察を繰り返すが、尾行は珠と恋人との関係にも影響を及ぼしてゆく。蠱惑のサスペンス！

仮面のマドンナ　小池真理子

爆発事故に巻き込まれた寿々子は、ある悪戯が原因で、玲奈という他人と間違えられてしまう。後遺症で意思疎通ができない寿々子、〝玲奈〟の義母とその息子——陰気な豪邸で、奇妙な共同生活が始まった。

ナラタージュ　島本理生

お願いだから、私を壊して。ごまかすこともそらすこともできない、鮮烈な痛みに満ちた20歳の恋。もうこの恋から逃れることはできない。早熟の天才作家、若き日の絶唱というべき恋愛文学の最高作。

B級恋愛グルメのすすめ　島本理生

自身や周囲の驚きの恋愛エピソード、思わず頷く男女間のギャップ考察、ラーメンや日本酒への愛、同じ相手との再婚式レポート……出産時のエピソードを文庫書き下ろし。解説は、夫の小説家・佐藤友哉。

角川文庫ベストセラー

角川文庫ベストセラー

角川文庫ベストセラー

ジョゼと虎と魚たち　田辺聖子

車椅子がないと動けない人形のようなジョゼと、管理人の恒夫。どこかあやうく、不思議にエロティックな関係を描く表題作のほか、さまざまな愛と別れを描いた短篇八篇を収録した、珠玉の作品集。

人生は、だましだまし　田辺聖子

生きていくために必要な二つの言葉、「ほな」、と「そやね」。別れる時は「ほな」、相づちには、「そやね」といえば、万事うまくいくという。窮屈な現世でほどほどに楽しく幸福に暮らす方法を解き明かす生き方本。

残花亭日暦　田辺聖子

96歳の母、車椅子の夫と暮らす多忙な作家の生活日記。仕事と介護を両立させ、旅やお酒を楽しもうとあれこれ工夫する中で、最愛の夫ががんになった。看病、入院そして別れ。人生の悲喜が溢れ出す感動の書。

私の大阪八景　田辺聖子

ラジオ体操に行けば在郷軍人の小父ちゃんが号令をかけ、英語の授業は抹殺され先生はやめてしまった。押し寄せる不穏な空気、戦争のある日常。だが中原淳一の絵に憧れる女学生は、ただ生きることを楽しむ。

家出のすすめ　寺山修司

愛情過多の父母、精神的に乳離れできない子どもにとって、本当に必要なことは何か？「家出のすすめ」「悪徳のすすめ」「反俗のすすめ」「自立のすすめ」と四章にわたり現代の矛盾を鋭く告発する寺山流青春論。